SYLVIE SCHENK

Eine gewöhnliche Familie

*Buch*

Die Geschwister Cardin sind zu viert. Als Tante Tamara und Onkel Simon sterben, werden am Tag der Beerdigung jedoch nicht nur die Trennlinien zwischen den vier Geschwistern sichtbar, sondern die Gräben innerhalb der gesamten Familie. Die Verstorbenen waren es, die alle zusammenhielten. Nun hinterlassen sie Streit und eine Auseinandersetzung um das Erbe, die schon auf dem Weg zur Trauerhalle ihren Anfang nimmt. Die gefühlte Ungerechtigkeit in der Verwandtschaft ist außergewöhnlich groß – und genau das macht diese Familie so wunderbar gewöhnlich.

*Autorin*

Sylvie Schenk wurde 1944 in Chambéry, Frankreich, geboren, studierte in Lyon und lebt seit 1966 in Deutschland. Sie veröffentlichte zunächst Lyrik in ihrer Muttersprache und schreibt seit 1992 auf Deutsch. Sylvie Schenk lebt bei Aachen und in La Roche-de-Rame, Hautes-Alpes.

*Sylvie Schenk im Goldmann Verlag*

Schnell, dein Leben. Roman
Eine ungewöhnliche Familie. Roman

# Sylvie Schenk

# Eine gewöhnliche Familie

Roman

**GOLDMANN**

Sollte diese Publikation Links auf Webseiten Dritter enthalten, so übernehmen wir für deren Inhalte keine Haftung, da wir uns diese nicht zu eigen machen, sondern lediglich auf deren Stand zum Zeitpunkt der Erstveröffentlichung verweisen.

Verlagsgruppe Random House FSC® N001967

1. Auflage
Taschenbuchausgabe Februar 2020
Wilhelm Goldmann Verlag, München,
in der Verlagsgruppe Random House GmbH,
Neumarkter Str. 28, 81673 München
Lizenzausgabe mit freundlicher Genehmigung des Carl Hanser Verlag
Copyright © der Originalausgabe by Carl Hanser Verlag, München 2018
Umschlaggestaltung: UNO Werbeagentur, München
unter der Verwendung der Umschlaggestaltung von Peter-Andreas Hassiepen,
München
Umschlagmotiv: RainerA/Timeline Images/Süddeutsche Zeitung Photo
Druck und Bindung: GGP Media GmbH, Pößneck
Printed in Germany
ISBN: 978-3-442-48936-7
www.goldmann-verlag.de

Besuchen Sie den Goldmann Verlag im Netz

Für meine Geschwister

*Die Verstorbenen*
Simon und Tamara Cardin

*Die Neffen und Nichten*
Aline, Céline, Pauline, Philippe
Hélène (und ihr Sohn William)
Bernard (und seine Mutter,
die flotte Kati)

Frankfurt liegt schon weit zurück, und bis Lyon ist noch genügend Zeit. Aus den Fenstern des TGV starrt sie in das schummrige Licht des neuen Tages. Dunkel und nah erheben sich die Vogesen. Sie möchte sich auf die Begegnungen vorbereiten. Sie möchte Worte finden, die ihre Empfindungen übertragen, sie möchte sich die Situation ausmalen, die sie erwartet, sie möchte sich sammeln. Aber immer wenn sie sich ein Gesicht aufruft, verschluckt sie es sofort wieder, wie eine Uhr den Kuckuck, dann befindet sie sich wieder in dem vollgestopften Abteil des Zuges. Man kann sich hier nicht konzentrieren. Die Schwätzer, die Telefonierenden, die greinenden Kinder, die Butterbrot-Essenden.
Sie verzichtet auf sich. Möchte diese Leute am liebsten mit einem Fingerschnippen aus der Welt schaffen, schämt sich kaum solcher Ungeduld und dafür, dass sie ihre Mitreisenden schief ansieht, die sich benehmen, als wären sie allein in ihrem Wohnzimmer, schämt sich kaum, dass sie ihre Stimmen verabscheut (zu nasal, zu plärrend, zu hell, zu dunkel, zu metallisch, auf jeden Fall alle zu laut), dass sie ihren Hunger nach Schinkenbroten verabscheut, ihr Zeitungsknittern, ihr Rotzhochziehen, ihre dicken Schenkel, ihren Geruch.
Ihr Beruf bringt sie in die Gesellschaft vieler Menschen, aber dort spiegelt sie nur die Meinungen und Ideen anderer. Was sie denkt, muss sie für sich behalten. Sie verträgt Schwafler immer schlechter. Wenn sie deutsches Blabla ins Französische dolmetschen muss, möchte sie immer öfter dazwischen-

gehen: Junge, bring's auf den Punkt, verdammt. Obwohl dieses Geschwätz ihr gelegentlich hilft, sich zu erholen, Anlauf für stärkere Sätze zu nehmen.

Schlimmer ist nur, was die Franzosen »Holzsprache« nennen, *langue de bois*, hölzerne Sprache, Betonsprache, Phrasendrescherei, leeres Gerede, was sie für sich als »Verblendungssprache«, »Furniersprache«, »tote Sprache« bezeichnet. Die sprachlichen Holzspäne müssen von ihr so exakt wie möglich wiedergegeben werden. In ihrem Gehirn spaltet und entzündet sich jedoch etwas. Das Etwas wird zu einem wütenden Feuer. Sie möchte falsch übersetzen und Richtiges sagen. Sie darf nicht. Ein Simultandolmetscher ist ein Wortverwandler und darf nicht abweichen.

Sie gähnt und gähnt. Schlecht geschlafen. Atmet gleichzeitig den Rasierwassergeruch ihres telefonierenden Sitznachbarn ein. Sie steht auf, vertritt sich die Beine, kommt zu ihrem Platz zurück. Und versucht wieder, sich auf das Bevorstehende zu konzentrieren. Gleich muss sie zwei Toten und drei lebendigen Geschwistern gegenüberstehen. Onkel Simon und Tante Tamara sind gestorben.

Ist sie zu einer introvertierten Einsiedlerin geworden? Und: War es jemals anders? Sie hört die Stimme der kleinen Mutter: Céline, wo steckst du? Céline las, verborgen hinter dem breiten Ohrensessel des Vaters, und wollte nichts als ihre Ruhe. Sie wollte schon immer ihre Ruhe und hat sie nie bekommen.

Sie schließt die Augen, und, ach, da kommen sie doch alle auf einmal, ihr Bruder Philippe in gelber Latzhose, ihre Schwester Pauline auf einem kaputten Roller, Aline, die einen von der Mutter gestrickten Pulli anprobiert. Was sich jetzt vor ihr herumwälzt, ist ein Knäuel von zappeligen, gebräunten Kinderbeinen mit aufgeschürften Knien, sie selbst ist acht oder neun, sie raufen sich im Gras, plötzlich ein Bellen, ein schwarzer Hund fällt die Kinder an, Célines Wade erwischt er, Indianer weinen nicht, aber schreien wie am Spieß, der kleine Philippe sucht im Gras das Stückchen Fleisch, das an der Wade fehlt, vergiss es, der Hund hat es gefressen. Céline hinkt ins Haus. Philippe und Pauline rennen voran: Der Hund hat Céline gefressen!

Onkel Simon und Tante Tamara sind zu Besuch. Der Onkel ist untersetzt und hat ein freundliches Pfannkuchengesicht, darin ein kleiner, verbrannter Schnurrbart, er schäkert gern mit der kleinen Mutter, die kichert: Oh Simon, oh Simon. Jetzt wird sie blass. Wieso gefressen? Tante Tamara trägt einen knallroten Lippenstift und einen Zigeunerinnenrock, lang und buntscheckig. Sie hat eine Schallplatte aufgelegt. Mit hochgereckten Armen dreht sie sich um die Achse, ihr Zigeunerrock kreiselt um sie herum, sie drechselt sich aus einem anderen Planeten. Beide sind viel jünger als die Eltern von Céline und ihren Geschwistern, eigentlich noch junge Leute, wahrscheinlich noch keine dreißig. Ihr Hund hat Céline gebissen, ein schwarzer Terrier. Tamara und Simon werden ihr Leben lang Hunde haben und Céline ihr Leben lang Angst vor Hunden. Tamara entschuldigt sich für das Tier, das eine Hündin ist und auf den lächerlichen Namen »Frivole« hört. Die Tante bringt Céline zum Wadennähen ins Krankenhaus, die kleine Mutter hat keinen Führerschein. Das Mädchen ist froh, Tamara mal für sich allein zu haben, und während diese viel zu schnell fährt, erklärt

Céline ihr, dass sie einen Roman geschrieben habe, zwei volle Schulheftseiten. Tamara spricht mit ihr wie mit einer Erwachsenen, sie fragt, ob Céline auch über sie, Tante Tamara, einen Roman schreiben könnte, sie wäre gern eine Romanheldin. Oh ja, sagt Céline, ich verspreche es dir. Sie hat ihr Versprechen nie eingelöst, hat ihrer Heimat den Rücken gekehrt, einen Deutschen geheiratet, ist Dolmetscherin geworden.

Der Onkel und die Tante, der Vater und die Mutter. Simon und Tamara, Ernest und Suzanne. Die ersten selbstsicher, kinderlos und leicht herablassend, die zweiten bescheiden und unsicher. Beide Brüder Zahnärzte. Aber die Praxis von Simon in Lyon können wir nicht mit der altmodischen Praxis von Ernest in der kleinen Alpenstadt vergleichen.
Simon will Ernest dazu bringen, ein bestimmtes Röntgengerät zu kaufen, Ernest fragt sich, mit welchem Geld. Einen Kredit aufnehmen? Ein Kredit sei ein Vorbote des Konkurses. Er habe vier Kinder zu füttern und sie wachsen und wachsen, brauchen neue Kleidung. Tamara spricht von ihrer Unterwäsche-Manufaktur, Suzanne nickt demütig. Beim Aperitif schäkert Simon mit seiner Schwägerin auf der Terrasse, sie schauen in die untergehende Sonne, er lobt ihr Kleid, er senkt die Stimme, seufzt: Ach, Suzanne, Ihre blauen Augen in diesem Licht. Am Tisch hört er auf, das Röntgengerät zu preisen, lobt das Kartoffelgratin von Suzanne, aber Tamara trägt zu dick auf, hebt dramatisch Messer und Gabel: Das Gratinieren ist in der Tat eine große Kunst, allein Suzanne kann ein solches Kartoffelgratin gelingen, nur ihr! Tamaras Goldarmbänder rasseln.

Noch dreißig Jahre lang hat die kleine Mutter Aufläufe überbacken, dann, an einem heißen Sommertag, stirbt sie in einer Krebsklinik.

Céline ist in der letzten Minute gekommen. Die kleine Mutter hat aber auf ihre zweite Tochter gewartet. Céline kann noch ein paar Stunden bei ihr sitzen, bei ihr schweigen, sie traut sich nicht, die wesentlichen Fragen zu stellen, sie traut sich auch nicht, von sich zu erzählen. Ihre Ehe ist unglücklich. Ihr Mann hat eine Affäre. Nicht die erste. Sie hat sich ihr nie anvertraut, um ihrer Mutter keine Sorgen zu bereiten, um ihrem Vater nicht recht zu geben, dem die Heirat mit einem Deutschen nicht gefiel, vielleicht aber auch, weil sie sich ihres Unglücks schämt, als trüge sie selbst die Verantwortung dafür. So ist es auch. Sie trägt die Verantwortung.

Am Nachmittag verliert die Mutter das Bewusstsein. Vielleicht auch nur die Sprache. Kurz danach gesellen sich Pauline, Aline, Philippe und der Vater dazu. Céline erinnert sich nicht gern an die Ungeduld in den Augen der Mutter, als Ernest versucht, sie zu streicheln (sie hat noch nie eine Geste der Zärtlichkeit zwischen ihren Eltern beobachtet). Es war auch keine Ungeduld, Céline will es nur so deuten und weiß es doch besser: Was in den Augen der kleinen Mutter durchschimmerte, war Hass.

Sie verbringt die Nacht allein bei der sterbenden Mutter, will wach bleiben, will ihre Hand nicht loslassen. Aber Céline schläft ein, erschöpft. Als sie wieder aufwacht, sind die Augen der Mutter leer. Endlich spricht sie mit ihr, erzählt ihr leise die Geschichte des Findelkindes aus Lyon. Dann erschrickt sie und schweigt, als sie merkt, dass sie deutsch gedacht und gesprochen hat. Du, hat sie gesagt oder nur gedacht, kleine Mutter,

warst ein stilles Wesen, das sein Taschentuch in den Ärmel stopfte und in Kleiderschränke hineinflüsterte. Du wuchst als einziges Kind eines Apothekers und dessen Frau in Lyon auf und warst von den Alpen, in die dein Mann dich brachte, nur eingeschüchtert. Du hattest Angst vor den Bergen, vor den Abgründen, vor der Sonne, die einem die Haut versengte, vor dem Schnee, vor bösen Gerüchten, du fürchtetest dich aber noch viel mehr vor deiner Schwiegermutter, die uralt wurde. Sie hatte 1918 als junge Frau sogar die Spanische Grippe überlebt, im Gegensatz zu Guillaume Apollinaire oder Egon Schiele. So hattest du eine Theorie entwickelt, die du in dieser Formel zusammenpresstest: *La méchanceté conserve.* »Bosheit hält frisch.« (Wie der Alkohol.) Obwohl keine Statistiken das Verhältnis von Bösartigkeit und Lebenslänge belegen, beruht deine Einsicht auf Erfahrung, jeder könnte sie in seiner Umgebung überprüfen. Jemand mit einer harten Schale ist sicher weniger empfindlich für die Auswitterungen des Lebens. Der legendäre weiche Kern kann unberührt und ungenutzt bleiben. Deine größte Befürchtung war es, vor der uralten Schwiegermutter zu sterben, was, Gott sei gelobt, nicht geschah. Aber beinahe.
Deine eigenen Wünsche fanden wenig Beachtung. Samstags kauftest du ein Sträußchen auf dem Markt, dein wöchentlicher Luxus. Anemonen, Ringelblumen, Nelken. Du hattest zwei Freundinnen, mit denen du ab und zu Tee trankst. Ich, freche Tochter, dachte: Kaffeekranz, Totenkranz. Die Damen siezten sich, ihr saßt aufrecht und spracht über Belangloses.

Erst einige Monate vor ihrem Tod hat die kleine Mutter Céline ihre Geschichte erzählt, ein paar gestammelte Stichworte nur, die wir uns hier erlauben (da Céline jetzt weiter in ihrer Muttersprache spricht), behutsam weiterzuspinnen. Als Heranwachsende nahm Suzanne Ballettunterricht und durfte bald zum ersten Mal mit ihren Eltern in die Oper. Schwanensee von Tschaikowski. Sie war vierzehn und pummelig, mit glänzenden Augen bestaunte sie die anmutigen Balletttänzerinnen, beneidete sie und betastete daraufhin ihren unförmigen (glaubte sie) Körper deprimiert vor dem Garderobenspiegel. Sie fragte ihre elegante, schlanke Mutter: Sag mal, Mama, in welchem Mülleimer habt ihr mich gefunden? Die Mutter wurde rot und erstickte beinahe an ihrem künstlichen Lachanfall: Kind, was erzählst du für einen Unsinn? Ihre Verlegenheit machte sie suspekt, Suzanne aber traute sich nicht nachzubohren. Ab diesem Abend untersuchte sie täglich ihr Gesicht, ihren Körper auf Gemeinsamkeiten mit den Eltern und fand keine. Gar keine. Auch ihr Geist, ihr Intellekt wies nur auf Fremdheit hin. Sie war dumm, lieb, gab ihr Bestes in der Schule, bekam Fleißpunkte und sonst nichts. Ihre Mutter aber war eine feine Dame, elegant, geistreich, belesen (sie besaß eine schöne Ausgabe von Colettes Romanen, die Céline geerbt hat), und ihr Vater war ein studierter Mann, ein Apotheker, der wegen seiner Tapferkeit im Ersten Weltkrieg den Ritterorden der Ehrenlegion an sein Sakko heften durfte. Sie aber glänzte durch ihre Bedeutungslosigkeit. Und war doch nicht so dumm, dass sie es selbst nicht gemerkt hätte. Ab dem Tschaikowski-Abend lebte sie in einer obskuren Welt von Mutmaßungen und Befürchtungen, die sie tagsüber verdrängte. Nachts aber verdunsteten und kondensierten diese zu dunklen Wolken, bliesen sich zu fleischigen Figuren auf, die ihr die Luft nahmen. Ihr eigener Körper wurde schmerzlos geviertteilt, sie suchte angeekelt nach ihren Händen, ihrem Kopf, ihren Beinen.

Erst fünf Jahre später, als Suzanne eine arrangierte Heirat mit dem Arztsohn Ernest eingehen sollte und die zukünftigen Schwiegereltern auf einem Vertrag, Gütertrennung, vor dem Notar bestanden, entpuppten sich ihre Eltern als Adoptiveltern. Die Schande (für Suzanne, für ihre Eltern, für die Schwiegereltern) stand schwarz auf weiß im Familienbuch. Sie war entsetzt. Ihre Albträume waren nun Gewissheit. Sie fühlte sich schuldig. Und sie schämte sich. Sie schämte sich, weil ihre Eltern sich schämten. Weil sie das merkte. Ihre Eltern schämten sich vor Ernests Eltern, und Suzanne schämte sich vor sich selbst.
Die Schwiegereltern? Empörte Pferdekäufer, die beim Jahrmarkt um den Gaul betrogen worden waren. Die Hochzeit drohte kurzzeitig zu platzen, aber schließlich siegte die Vernunft, siegten die Interessen: Die Messe war bestellt, die Einladungen verschickt, das Hochzeitsmenü gedruckt, die Gäste eingeladen und: Der Sohn des Arztes und die Tochter des Apothekers – das passte doch.
Suzanne wird in einem weißen, englischen Spitzenkleid mit großer Schleppe am Arm ihres Adoptivvaters das Mittelschiff der gotischen Kirche Saint-Bonaventure in Lyon betreten, Ernest im Frack und am Arm seiner bösen Mutter. Alle werden die Kommunion mit Herzen voll Groll, Kummer und Zweifeln empfangen. Als sie aus der Kirche treten,

sieht Suzanne, wie jemand eine Bettlerin wegjagt. Ein Gesicht voller Furchen, Dreck und Traurigkeit, in denen sie glaubt, ihre wahre Mutter zu erkennen. Sie wird in ihrem Leben noch oft auf Bettlerinnen treffen und in den Gesichtern nach ihrer Mutter suchen.

Suzanne verschwieg ihre Adoption. Einige Jahre vor ihrem Tod hatte sie Céline, die im Gegensatz zu ihren gebärfreudigen Schwestern anscheinend keine Kinder bekommen konnte, davon abgeraten, ein Kind zu adoptieren. Die Mutter wusste nicht, dass Céline längst Bescheid wusste. Man wisse ja nicht, sagte Suzanne, was man sich da ins Haus bringe. Was *im Blut* des Kindes stecke. Man erfahre nichts über die Erzeuger, vielleicht kranke Leute, die unter Tuberkulose litten und ihr Kind nicht großziehen konnten. Oft seien auch die Armut oder die Scham einer ledigen Mutter die entscheidenden Gründe für eine Kindsaussetzung. Armut könne aber auf Alkoholismus zurückgeführt werden, das Kind eines Alkoholikers trüge zwangsläufig Erbspuren des elterlichen Lasters. Die Mutter könne sogar eine Prostituierte sein. Manche Kinder würden auch als Früchte einer inzestuösen Verbindung weggegeben. Céline hörte verblüfft der sonst so wortkargen kleinen Mutter zu. Sie nahm in dieser Warnung die vielen Fragen wahr, die ihre Mutter sich selbst über ihre Herkunft gestellt hatte, sie hätte gern mehr herausgelockt: Wie war es mit dir, Mama, was weißt du über dich? Doch Céline schwieg. Aus Feigheit, aus Rücksicht, aus Respekt, aus Angst. Sie fürchtete, wenn die Mutter begänne, ihr einen Zipfel Wahrheit zu reichen, und sie, die Tochter, daran zöge, bis sich der ganze Faden ausrollte, würde von ihrer Mutter nichts mehr bleiben, woran sie sich festhalten konnte.

Ihre Mutter sei einmal abgehauen, hatte die Cousine Hélène ihr verraten. Célines große Schwester Aline sei schon sieben gewesen, Céline noch ein Baby. Die Mutter habe ihren Verlobungsring verhökert. Warum? War sie in einen anderen verliebt gewesen? In Simon vielleicht? Noch Student, noch nicht mit Tamara verheiratet, das einzige Mitglied der Familie, das mit ihr freundlich war und sie oft besuchte. Die Eltern deiner Mutter, hatte Hélène weiter ausgeplaudert, haben Suzanne gezwungen, wieder zu Ernest zurückzukommen und ihre Ehe, als wäre nichts passiert, weiterzuführen. Suzanne fügte sich und bekam zwei weitere Kinder. So waren es vier. Aline, Céline, Pauline und Philippe.

Lyon-Part-Dieu. Pauline und ihr Mann stehen am Ende des Gleises. (Er ist groß, massiv, steht immer hinter der schmalen Pauline, schützt sie vor Stürmen und Schlägen aus dem Hinterhalt, beide unzertrennlich wie Rahmen und Spiegel. In dieser Geschichte jedoch wird er ihre stumme Einfassung bleiben.) Auch Aline steht am Gleis. Ebenso Philippe und seine Frau (die wir ebenfalls kaum noch erwähnen werden, da sie sich in die Geschichte der Cardins nicht einmischen will). Alle tragen schwarze Schals über den Mänteln, eine Trauermannschaft, die auf der Stelle tritt. Man küsst sich. Gleich werden sie gemeinsam ins Krematorium fahren.

Was für ein Glück, dass dein Zug keine Verspätung hatte, sagt Pauline, du kommst auf den letzten Drücker; wir wollen noch zusammen einen Kaffee trinken. Ja, und wir müssen noch einiges besprechen. Célines Blick fällt auf die kleinen Füße ihrer Schwester, Schuhgröße 34, zwei Füßchen in schwarzen Nylonstrümpfen und schwarzen Ballerinas. Sie ist froh, dass diese kleinen Füße auf dem Boden stehen, schon immer hatte sie Angst, es könne ihrer Schwester irgendein Unglück passieren. Pauline ist der Treffpunkt aller möglichen bizarren Krankheiten, die sich im Verborgenen bei ihr verabreden. Depressionen wühlen ihr Leben auf, zuletzt vergifteten es Gürtelrose und Ekzem. Auch jetzt stimmt sie ihr Klagelied an: Ach, Céline, ich wäre am liebsten im Bett geblieben heute Morgen. Ja, sie sei erschöpft. Die letzten Tage haben sie übel mitgenommen. Jeden Tag im Krankenhaus, die Organisation der Beerdigung, der Kummer, sie beide quasi gleichzeitig verloren zu haben, das Vakuum.

Céline fürchtet, dass Pauline in ein großes Loch fallen wird, anstatt Erleichterung zu spüren, ein Loch, das sie nur schwerlich mit neuen Idealen und Beschäftigungen wird ausfüllen können. Sie sieht mitgenommen aus, ihr Gesicht ist verrunzelt, als wäre es verschnürt worden, als hätten Bindfäden diese Spuren hinterlassen.

Sie sitzen im Bahnhofscafé, die Bedienung trottet zwischen den Tischen umher und scheint erst alle Tische und Stühle sauber wischen zu wollen, bevor sie zu ihnen kommt. In Céline flammt eine schüchterne Freude auf: Man ist wieder beieinander, alle nicht mehr jung, aber lebendig. Sobald sie zusammenkommen, sind sie Geschwister, aufgeregt, schelmisch. Verbündet, vertraute Spielkameraden, alte Komplizen. Sie stecken die Köpfe zusammen, betatschen sich, wie geht es dir, wie geht es euch? Es geht uns gut, alles klar, nee, alles unklar, sagt Philippe, wenn nur diese blöde Geschichte nicht wäre. Aber leider. Welche Geschichte? Der Bruder räuspert sich und spricht zögernd, als fiele es ihm schwer, das zu erzählen, was man ihr unbedingt erzählen sollte, bevor sie die anderen treffen.
Die anderen, das sind die Cousine Hélène und Bernard, der Neffe von Tamara, samt Anhang. Émile, Hélènes Mann (den wir meist außen vor lassen, obwohl er sich gern einmischen möchte), ihr behinderter Sohn William und die flotte Kati, Bernards Mutter und Schwester von Tamara.
Das Testament der Tante, beginnt Philippe, gleicht dem Testament des Onkels. Das Vermögen sollte dem Überlebenden zukommen – und nach dessen Tod schließlich allen Neffen, sowohl ihren Neffen als auch seinen Neffen.
Céline weiß das. Bei ihrem letzten Besuch hat der Onkel ihr sogar gesagt, dass beide Testamente in den Nachttischschub-

laden liegen. Sie hatte gesagt, er solle sie beim Notar abgeben oder bei irgendeiner offiziellen Stelle. Der Onkel hatte gekichert, na ja, keine schlechte Idee, aber getan hat er nichts. Das war seine Art. Er widersprach selten, lebte nach dem Prinzip des geringsten Widerstands.

Nun, leider ist das Testament von Tamara verschwunden, fährt Philippe fort. In der Schublade des Nachttischs wurde nur eine Fotokopie gefunden, eine verdammte Fotokopie.

Eine Fotokopie? Ist das sicher? Céline lächelt, obwohl es nichts zu lächeln gibt.

Ja, fährt Philippe fort, der Notar hat gesagt, er habe das Papier gewissenhaft unter die Lupe genommen. Und eine Fotokopie ist leider kein gültiges Dokument.

Alle sprechen jetzt gleichzeitig. Céline hört zu, versteht noch nicht ganz die Tragweite. Außerdem hat sie Hunger. Und der Hunger trübt ihre Auffassungsgabe. Erst Paulines Stimme erreicht sie wieder, laut, übertrieben artikuliert. Ihre Schwester bildet eine Drei mit den Fingern, als spräche sie mit einer Ausländerin.

Tante Tamara ist drei Stunden, nur drei Stunden nach Onkel Simon gestorben, also wurde sie drei Stunden lang seine Erbin, bevor sie ihn eingeholt hat. Verstehst du?

Jedes Wort.

Das bedeutet, dass das gesamte Vermögen für drei Stunden von Simon an Tamara vererbt wurde – und weil von Tamara kein richtiges Testament vorliegt, vererbt sie nun alles dem nächsten Angehörigen. Und das ist Bernards Mutter. Catherine.

Die flotte Kati?, sagt Céline.

Die flotte Kati, Tante Tamaras Schwester, selbstsicher, sie-

benundachtzig Jahre alt und geldgieriger als ein Mafiaboss.
Die flotte Kati, sagt Pauline, denkt natürlich an ihren geliebten Sohn, verstehst du?
Ja, Céline versteht: Bernard wird nicht gern auf das komplette Vermögen des Onkels und der Tante verzichten, wenn ein tückischer Zufall es ihm in den Schoß wirft. Er ist zwar Rentner, aber er war mal Wirtschaftsanwalt.
Unsere einzige Hoffnung ist, sagt nun Philippe, dass Kati und Bernard die Fotokopie als echtes Dokument anerkennen. Das wäre gerecht. Aber wir sind einzig und allein auf ihren guten Willen angewiesen.
So ist das, sagt Aline, die bisher gar nichts gesagt hat.
Céline fällt auf, dass Alines Stimme gar nicht so alt klingt wie am Telefon. Ihr gefällt auch das kleine, ohnmächtige Lachen ihrer älteren Schwester.
Was sagt Hélène dazu?
Bislang noch gar nichts, sagt Philippe.
In Célines Kopf verschwimmen alle Eindrücke und Gedanken, die Müdigkeit, die Trauer um ihre Tante und ihren Onkel, die Freude über das Wiedersehen der Geschwister, der Ärger wegen dieser Offenbarung. Sie steht neben sich, aber ja, sie sieht ein, wie unerfreulich diese Testamentsgeschichte ist, vor allem für Pauline und ihren Mann, die sich seit Jahren um die beiden gekümmert und sie mit gepflegt haben.
Sie werden sich nicht trauen, euch derart zu übergehen, versucht sie, die Geschwister zu beruhigen.
Philippe schweigt, Aline stimmt zu, Pauline hält das für naiv und schüttelt ihre braun gefärbte Johanna-von-Orléans-Frisur – seit jeher schulterlang. Sie will damit ihre abstehenden Ohren verbergen.

Ihr Vater etikettierte die Geschwister stets: Aline war die Schöne, Céline die Intellektuelle, Pauline die Lustige, Philippe der Sportliche.

Aline haucht sich nun in die Hände. Sie ist gutgläubig und friert immer. In diesem Bistro wird nicht geheizt und anscheinend auch nicht bedient.

Célines Magen knurrt und sie denkt nach. Angenommen, Tamara hat eine Fotokopie machen lassen, diese mit dem Original verwechselt – sie hatte ja schlechte Augen –, angenommen, dass sie das echte Testament irgendwann verschlampt hat, so beweist die Fotokopie doch zwangsläufig, dass es ein Original gab und wahrscheinlich noch irgendwo gibt. Oder nicht?

Hätte Tamara uns nicht berücksichtigen wollen, sagt sie jetzt, hätte sie auch die Fotokopie vernichtet und ein anderes Testament aufsetzen lassen, meint ihr nicht?

Klar, sagt Philippe, eine Fotokopie ist aber keine Urkunde. Wenn die Schlaumeier sich nach dem formalen Recht und nicht nach der Gerechtigkeit richten, haben wir verloren.

Wir haben in jedem Schrank, in jeder Schublade gesucht, sagt Pauline, das Testament ist weg.

In Paulines Stimme klingt etwas sehr Verbissenes. Céline möchte ihr gern sagen, dass sie im schlimmsten Fall doch nur Geld verloren hätten, dass Neid, Groll und Gier sauer, krank und hässlich machten. Dafür könnten sie im Gegensatz zu Bernard ein reines Gewissen haben, sie hätten sich schließlich auch gekümmert, wenn Tante und Onkel arm gewesen wären. Es klingt aber sehr moralisch, sehr célinehaft, sehr nach Große-Schwester-hat-geredet. Sie hört auch schon das empörte Geschrei: Sie dresche Phrasen, sie selbst

brauche vielleicht dieses Geld nicht, aber leider seien nicht
alle so gut gestellt wie sie (seit der Scheidung ist sie das nicht
mehr, sie nimmt in letzter Zeit alle Aufträge an, die sich ihr
als Dolmetscherin anbieten, auch Übersetzungen, sogar
Übersetzungen von Sachtexten, zuletzt den Prospekt einer
Senffirma, sie kann sich noch keinen Ruhestand leisten).
Außerdem habe sie keine Kinder, Philippe, Pauline und
Aline wohl, erwachsene Kinder, die immer Geld brauchen
und denen sie mit diesem Erbe helfen könnten, ach, und sie,
Céline, wohne sowieso zu weit weg, könne sich nicht einfühlen, ein gutes Gewissen nütze ihnen nicht die Bohne.
Als hätte Pauline all diese Gedanken mitgelesen, sagt sie:
Und die Ungerechtigkeit? Wie kann man eine solche Ungerechtigkeit akzeptieren? Sie schiebt ihr kleines Kinn vor,
presst die Lippen zusammen, ballt ihre Hände zu Fäusten.
Sie wiederholt den Satz, scheint in eine endlose Schleife zu
geraten. Und die Ungerechtigkeit?
Wir verstehen einfach nicht, sagt Philippe, was da passiert
ist. Er seufzt unglücklich, guckt nach der Uhr.
Aber man kann die Sache auch so sehen: Jemand hat eine
Fotokopie gemacht und das Original an sich genommen.
Dieser Jemand wollte vielleicht das Original zurückbringen.
Aber nach dem Tod von Onkel und Tante hat er es sich anders überlegt. Pauline putzt ihre Brille mit dem Schal und
sagt: Es lag allerdings nicht in unserem Interesse, so etwas
zu machen, auch nicht im Interesse von Hélène, also ...
Céline ist schwindelig. Das frühe Aufstehen vielleicht, die
Reise, der Hunger und dieser Strom von Worten, das aufkommende Gefühl, dass sie doch nicht auf derselben Wellenlänge ist wie ihre drei Geschwister, obwohl sie sich jetzt

nichts mehr wünscht, als bei ihnen zu sein. Und ihr leerer Bauch rumort. Sie muss ein Croissant oder ein Brötchen haben. Und einen doppelten Espresso, dringend.
Du meinst, Kati oder Bernard hätten …?
Ich weiß es nicht, sagt Philippe, wir wollen es nicht gesagt haben, aber unmöglich ist es nicht, oder?
Die Kellnerin plaudert jetzt fröhlich mit einem Kollegen, ihren Lappen in der Hand. Ihr Mund ist schwarz bemalt, von Weitem sieht er wie ein Schnurrbart aus. Céline geht zu ihr und fragt, ob sie endlich einen Kaffee und ein Croissant haben könnte. Sie falle sonst in Ohnmacht, fügt sie lächelnd hinzu, woraufhin das Mädchen hämisch fragt, ob es den Notarzt rufen solle. Ohne die Stimme zu heben, empfiehlt ihr Céline, ihre verhasste Arbeit zu kündigen, und geht zu ihrem Platz zurück. Ihre Geschwister lachen.
Weißt du eigentlich, wie unsere liebe Cousine dich nennt?
Die Deutsche, sagt Pauline.
Super, sagt Céline, fühle mich geehrt.
Nun spürt sie aber ein Zwicken im Magen, das nichts mit dem Hunger zu tun hat. Nicht zum ersten Mal wird sie so genannt, und sie hat plötzlich Sehnsucht nach Frankfurt. Dort ist sie: die Französin.
Es ist Zeit. Ohne Kaffee, ohne Croissant brechen sie auf, um von den Toten Abschied zu nehmen. Céline, die Intellektuelle, folgt

der Schönen, der Lustigen und dem Sportlichen.

Sie bilden eine Einheit, einen Block. Zusammen besitzen sie die besten Eigenschaften. Nur zusammen. Sie sind öfter stolz und froh, stärken sich gegenseitig den Rücken. Solidarität ist das Wichtigste.
Denkt Céline an diesen Block (nennen wir ihn lieber eine »runde Sache«, eine »Kugel«, die immer wieder in ihr Leben rollt, wie ein Refrain in einem Chanson), denkt sie an diese Einheit, weiß sie selbst nicht ihre Gefühle zu deuten. Sie besitzt mehrere Fotos, auf denen sie eng aneinander, Schulter an Schulter stehen, bei der Hochzeit von Hélène oder im Hof des Familienhauses der Großeltern in der Bourgogne (Philippe trägt noch kurze Hosen), bei der Beerdigung der Mutter (leichte Sommerkleider), zehn Jahre später bei der Beerdigung des Vaters (schwere Anoraks) und beim achtzigsten Geburtstag des Onkels Simon. Sie demonstrieren Zusammengehörigkeit und Zusammenhalt. Die Kugel rollt gegen die Cousine Hélène wie früher gegen ihre gemeinsame, böse Großmutter. Wann haben die Kinder Cardin den Graben in ihrer Familie zum ersten Mal wahrgenommen? Wohl lange vor dem Alter, ab dem man über den nötigen Wortschatz verfügt, um Unterschiede in Sozialisation oder Mentalität zu beschreiben. Das Wissen um Zwietracht schlich sich bei jedem Besuch der Lyoner in den Alpen ein oder wenn umgekehrt die Familie die Alpen verließ, um der Großmutter in ihrer Lyoner Wohnung ein frohes und gesundes neues Jahr zu wünschen. Oder im Sommer auf dem Familienlandsitz in der Bourgogne, wo auch Hélène und ihre Mutter oft waren, ebenso Onkel Simon und Tante Ta-

mara. Lag das Unbehagen an einer leicht höhnischen Frage über die Schulzeugnisse der Kinder Cardin? An einer abschätzigen Bemerkung über ihre Kleidung? An dem schiefen Blick der Großmutter oder der Tante Félicie, Hélènes Mutter, auf die Kinderhände am Tisch? Oder an der strengen Zurechtweisung? Das sagt man nicht, Kind, das ist ordinär. Oder an der Spannung in den Gesichtszügen der kleinen Mutter, die neben ihrem Mann auf dem Sofa saß, ohne ein Wort zum Gespräch beizutragen? Die Geringschätzung der Lyoner war auf jeden Fall früh spürbar.

Der Zusammenhalt der Kinder Cardin jedoch war auch nicht unangreifbar. Die drei Mädchen waren sehr verschieden. Wenn die erwachsene Céline sich an die junge Pauline erinnert, sieht sie ihre Schwester als ein Mädchen, das immer kleiner wird, es flutscht in die Vergangenheit, wandelt sich zu einem turbulenten Kind, schrumpft zu einem schreienden Baby. Wenn sie an Aline denkt, sieht sie ein Mädchen, das größer wird, eine junge Dame, die sich entfernt und nur noch wenig mit ihr zu tun hat. Céline verdingt sich als ihre Dienerin, sie rennt nach der Schule zum Jungengymnasium, um Alines Freund einen Liebesbrief zuzustecken, da ihre große Schwester selbst eine Ausbildung zur Sekretärin macht und keine Mittagspause hat. Sie steht Wache, als Aline ihre ersten Liebesübungen im Bett der Eltern ausführt, während sie die Eltern im Kino wähnen. Bei Pauline hingegen hat Céline seit je die Rolle der Beschützerin, der Betreuerin, sie berät ihre Schwester, nimmt sie überallhin mit, aus Angst, Pauline käme zu kurz (wir werden sehen, wie weit sie beide das geführt hat). Céline merkt früh ihre Überlegenheit, sie darf als Einzige den Vater in die Ber-

ge begleiten, in der Schule ist sie die Bessere, sie geht aufs Gymnasium, wird Abitur machen, ihre Schwester muss mit sechzehn Jahren die Schule verlassen. Als Kind nimmt Pauline eine Zeit lang Ballettunterricht, geschmeidig und begabt, aber leider zu klein, um in eine renommiertere Ballettkompanie aufgenommen zu werden als in das kleine Ensemble ihrer Alpenstadt; doch ihren Bewegungen haftet weiterhin ein eigener Rhythmus an, und beim letzten gemeinsam gefeierten Geburtstag von Onkel Simon, seinem achtzigsten, hatte sie ihn noch zu einem langsamen Walzer verführt, den sie plötzlich unterbrach, um sich ein paarmal um sich selbst zu drehen, bevor sie mit einem fast perfekten Spagat vor seine Füße fiel. Applaus. Der Onkel half ihr aufzustehen: Küss die Hand, gnädige Frau. All das auch ohne ein paar Flaschen Veuve Clicquot nicht denkbar. Pauline ist ein Clown. Rotzfrech. Sogar den Vater, der gewiss ein langes Gesicht gemacht hat, als Pauline als drittes Mädchen zur Welt kam, bringt sie immer zum Lachen. Auch später, weit über fünfzig, steigt sie auf einen Tisch, um ein Chanson zu schmettern, Witze zum Besten zu geben oder jemanden nachzuäffen. Sie treibt alles auf die Spitze, will im Mittelpunkt stehen. Manchmal versucht Céline sie zu bremsen, sie möchte nicht, dass man sich über Pauline lustig macht. Die ist schnell beleidigt, die kleinste Kritik verletzt sie zutiefst.
Wir denken, dass sie wahrscheinlich die Nase voll hat von Célines Überlegenheit, die nie aufgehört hat, ihr den richtigen Weg zeigen zu wollen. Der Trost, die Ratschläge, die Art, freundlich zuzuhören, sich selbst zu verleugnen, ihr behilflich zu sein, ekelhaft! Ich pfeife auf dein Verständnis. Ich pfeife auf deine telefonische und mailhafte Solidarität, du,

die du so weit weg bist von meinem Leben, die du in der deutschen Metropole zweisprachig lebst und dich um den Onkel und die Tante so wenig kümmerst, du willst mir eine Lektion in Bescheidenheit und Zurückhaltung geben? Es riecht brenzlig in Paulines Herzen, da lodert die Hassliebe, die Missgunst, die Eifersucht, ein alter Groll, der ihre Beziehung zur Schwester irgendwann versengen könnte.

Sollte Céline ihrer Schwester eine schonungslose Fassung der Angelegenheit unterbreiten, warum sie sich jeden Tag um Onkel und Tante gekümmert hat? (Liebe Pauline, du hast dir damit Geltung verschafft, was dir verdammt gutgetan hat, du brauchst stets ein Lebensziel, stets das Gefühl, nützlich zu sein. Außerdem sehntest du dich nach der Zuneigung des Onkels, er sollte dich bevorzugen und dankbar sein, und, sagen wir es doch klar, du hast dir doch auch eine materielle Belohnung erhofft, oder?) Sollte sie Paulines eigene Version der Geschichte infrage stellen? (Ich habe bis zu ihrem Tod aus Liebe gehandelt, mich täglich für sie geopfert, ich habe damit euch allen einen Gefallen getan, den Gleichgültigen, den Geldgierigen, den Egoisten, den Unbeweglichen, den Abwesenden.)

Pauline würde dies als ungerechte Bloßstellung empfinden, als Verdrehung der Fakten. Und Céline würde mit ihrer Nüchternheit, ihrer Haarspalterei, ihrer Küchenpsychologie das noch gute Verhältnis zu der Schwester für immer zerstören.

Ja, Pauline hat sich um den Onkel und die Tante gekümmert, selbstlos. So muss man das sehen. Und die anderen, die Gleichgültigen, vor allem die Geldgierigen, die flotte Kati und ihr Bernard, werden das Vermögen erben, nicht

sie. Und das Schlimmste ist: Der Onkel, den Pauline doch immer erobern wollte, den sie bis zum Ende begleitet hat, der undankbare Wahlvater, dem sie mit ihren abstehenden Ohren so ähnlich sieht, hat sich im Grunde und am Ende doch wenig um sie geschert, der Schuft.
Was sie denkt, ist richtig, was Pauline fühlt, ist richtig. Alles ist wahr, nichts ist wahr.

Sie fahren zur Abschiedshalle. Céline und Aline fahren bei Pauline und ihrem Mann mit. Die Scheiben sind beschlagen. Céline spürt, wie sich ihr Hals langsam zuschnürt, ihr Bauch zu schmerzen beginnt. »Der Kummer, der nicht spricht, nagt am Herzen, bis es bricht.« Ihr Ex-Mann zitierte das gern, mit seinen Schülern inszenierte er oft Shakespeare. Und dann auch noch Pauline, die Céline wie immer, wenn sie sich treffen, die Fragen stellt, die sie am meisten fürchtet: Ob sie immer noch ohne Mann lebe? Ob sie keine neue Beziehung eingehen möchte? Wolle sie denn allein altern?
Ja, sie wolle allein altern. Genau das möchte sie. Allein leben und allein altern. Kurze Affären und Freundschaften haben ihr Leben bis hierhin vollständig ausgefüllt. Ob das jemanden störe?
Dein Mann, sagt Pauline, hat damals dein Herz mitgenommen. Du wirkst so was von unterkühlt.
Hoffentlich dauert es an, erwidert Céline unterkühlt.

Es dauert nicht an. Als Céline die beiden Toten in den offenen Särgen erblickt, muss sie weinen. Der Onkel trägt ein weißes Hemd und einen dunkelblauen Anzug, die Tante ein gepunktetes schwarzes Kleid. Früher waren beide sehr beleibt, jetzt sind sie schmal, strohgelb und backenlos, wie schlecht präparierte Mumien. Was sie als Tote abgeben, ist nur eine ausgetrocknete Version ihres Selbst. Verrostete Schlüssel, denkt Céline. Sie schaut ins Schlüsselloch, will sich hinter den zusammengeschrumpften Gestalten an die lebendigen Menschen erinnern.
Etwas Dunkles und Aufrüttelndes und Unbezwingbares überfällt sie, eine pathetische Céline ruft die Tante an, sie

solle ihr helfen, irgendeine Wahrheit in ihrer Familiengeschichte zu finden, ruft den Onkel an, er solle ihr helfen, ein wenig Gold in seinem seichten Lebensfluss zu finden. Sie sollen sie heranlassen, sie haben doch nichts mehr zu verlieren. Nicht mal ihren guten Ruf. Auch nicht ihren schlechten, der Ruf spielt keine Rolle in der Liebe. Sie wurden geliebt. Wie sie waren oder wie sie eben nicht waren, Liebe als kristallisiertes Missverständnis. Céline berührt die hohlen Wangen mit ihren Lippen, küsst die Toten, wischt sich verschämt den Mund ab, hofft, dass sie dabei keiner sieht. Tote haben sie immer angewidert. Aber in der Familie gehört es sich, Tote zu küssen. Sie steckt ihre Finger in Simons noch dichtes Haar, das nie ganz weiß geworden ist, starrt auf ein Haar, das ihm auf die Schulter gefallen ist, zögert, ob sie es wegpusten soll. Dann wird sie wieder von Tränen übermannt. Für ihren Vater und sogar für ihre Mutter, die sie so sehr zu lieben dachte, hat sie nicht so bitter geweint. Sie war noch jung, war sich bei den Bekundungen, das Leben gehe weiter, keines Klischees bewusst. Natürlich ging das Leben weiter und nahm sie mit, mit dem untreuen Mann, der erst wieder zu ihr zog und bald darauf doch für immer verschwand, es ging auch weiter mit dem Beruf, mit allem ging es weiter. Aber je älter sie wird, desto schlimmer die Beerdigungen. Der Verlust der Freunde und Kollegen erschüttert sie tief. Nicht, weil man im gleichen Alter ist und dem eigenen Grab näher kommt, sondern weil die Nähe des eigenen Todes jenes Bündnis mit den Lebenden verstärkt. Jeder, dem man noch seine von Altersflecken gespickte Hand reichen kann, ist einzig und unersetzbar.

Céline weint um Onkel Simon und Tante Tamara, stöhnt

um die falsche Liebe, um den Selbstbetrug, um die Oberflächlichkeit der beiden, weint um die Einsamkeit, um die ihr und ihren Geschwistern bevorstehenden Feindseligkeiten, um das Ende dieser Familie, weint um die eigene Mittelmäßigkeit, um die korrumpierten Seelen, trauert um die längst verblichene Jugend, um die grünen Erinnerungen aus den Bergen, um die blauen Erinnerungen der Camargue, um die Nikotinhände der Tante, um den brotgoldenen Bauch des Onkels, sie schluchzt um die vielen Beerdigungen ihres Lebens, die Wiederholung der Verluste, das verschleißt einen, sie flennt, weil das Ende einfach das Ende ist und kein Anfang.

Schau mal, sagt Philippe und will sie trösten, Tante Tamara lächelt.

Man muss sich bemühen, um ein Lächeln um die steifen Lippen der Tante zu fabulieren, aber der Bruder ist eben jemand, der sich Mühe gibt. Er verteidigt das Recht des Menschen auf Glück. Bis vor Kurzem noch hat er Witze gesammelt, um damit seine Tante zu erheitern. Tamara war seine Patentante und er liebte sie wirklich, er mochte es, beim Aperitif mit ihr anzustoßen und ihr bis kurz vor ihrem Tod eine »letzte Zigarette« zwischen die Lippen zu stecken. Beide hatten ihre Freude daran. Der Rauch umhüllte ihrer beider Lächeln. Und als Philippe viele Jahre zuvor entschied, seine erste Frau für die zweite zu verlassen, schlief er eine Zeit lang sogar bei Simon und Tamara, deren Wohnung immer schon ein Auffangbecken für Neffen und Nichten in Schwierigkeiten gewesen war. Dort konnte man sich erholen, von seinen Sorgen erzählen und seine Konflikte darstellen, ohne Gefahr zu laufen, dass einem widersprochen wurde. Onkel Simon und Tante Tamara waren jenseits jeder Moral. Philippe sagte oft, Onkel und Tante seien ihm wichtiger als die Eltern, was Céline ärgerte, weil ihre Eltern so viel schwächer, kleinbürgerlicher, nicht so intelligent wie Tante Tamara und längst nicht so betucht wie Onkel Simon waren. Céline stand und steht immer aufseiten der Schwachen, sogar wenn es ihre Eltern sind.

Philippe ist also tieftraurig, eine Traurigkeit mit dunklen Rändern, eine vom Gedanken an das Testament umrandete Traurigkeit, er hat eine Schwäche für Luxus, Philippe, frisches Geld würde auch seiner Frau gut gefallen. Wie es allen gefallen würde, die da sind. Allen, auch Céline, oder nicht? Simon und Tamara, sterben und erben, nur zwei Buchstaben sind diese Wörter voneinander entfernt.

Er betrachtet weiterhin das enigmatische Lächeln seiner Patentante, und Céline schaut zu ihm, zu

Philippe, dem kleinen Bruder.

Philippe lebt. Es ist schwierig, ihn anders zu beschreiben. Er lebt, jede Parzelle seines Wesens ist in Bewegung. Er ist wie das Quecksilber, mit dem ihr Vater früher die Karieszähne seiner Patienten füllte, das flüssige Metall, mit dem sie manchmal spielen durften, zu einer Zeit, als man nicht wusste, wie gesundheitsschädlich das Zeug war. Der Vater gab ihnen ein Kügelchen, sie warfen es auf den Boden und beobachteten, wie das flüssige Metall sich teilte und als kleine Linsen auf dem Parkett abrollte, sie sahen die Minibällchen durch die Rillen des Parketts fließen. Auch Philippe leistet keinen Widerstand, teilt sich, sooft er muss, sammelt sich selbst wieder, rollt sich zusammen, wird wieder ganz. Und weil Bosheit das Leben wurmt, lästert er nur das Nötigste, und dies auf drollige Art, nur um bei einem Essen in Stimmung zu kommen, weil es eben auch einfach lustig sein kann, ein bisschen Schlechtes über Abwesende zu reden. Selbst wenn seine energische zweite Frau ihn in die Schranken weist, widerspricht er ihr nie, er schlägt auch seine Stiefkinder nicht, die es täglich darauf anlegen, ihn zur Schnecke zu machen, nein, er krault sich den Ärger einfach im Swimmingpool weg, trinkt erlesene Weine aus der Bourgogne, er ist ein lebender Carpe-diem-Anhänger, der kleine Bruder. Keiner, der sich kasteit wie seine drei Schwestern, die sich gern einen Wettbewerb um die größte Unglücksmedaille liefern. Er meidet den Blick auf die grausame Wahrheit, er weiß auch, dass das Leben sich meistens in anödenden Grautönen abspielt und nur in Schicksalsschlägen kolossal werden kann. Er also setzt auf den Rausch der

Geselligkeit, des Liebemachens, des Geldes und des Gesangs. Wer keine bösen Samen säe, solle Spaß im Leben ernten. Die großen Fragen, die Philosophen seit Tausenden von Jahren gestellt haben, ohne die Tragik des Lebens zu lindern, ohne den Menschen gebessert zu haben, sind ihm piepegal, Tiefsinn gleicht Trübsinn, und Philippe ist absolut dafür, dass man dem weinenden Kind ein Eis kauft, anstatt ihm zu erklären, dass auch Schmerz vergeht. Schmerz kommt wieder. Zahnschmerz, seelischer Schmerz. Alle Schmerzen. Nur als Kind hat er etwas mehr Widerstand geboten. Er hatte keinen Appetit, mochte Bananen, Nudeln und harte Wurst, sonst nichts. Sein Vater sperrte ihn zur Strafe in einen Wandschrank ein, was seinen Ekel vor der Nahrung nicht linderte. Er gab nicht nach. Musste mit leerem Bauch in die Nachmittagsschule. Er selbst jedoch erträgt es nicht, jemand anderem wehzutun. Er heiratete seine erste Frau, weil er sich nicht traute, sein Wort zurückzunehmen, die Liebe war schon vor der Hochzeit immer mehr abgeflaut, er, der Vertreter für Dentalprodukte, hatte entdeckt, dass er sein Begehren nicht allein auf diese erste Frau fokussieren konnte und dass er in seiner Welt, die von schönen und sinnlichen Zahnärztinnen nur so wimmelte, reelle Chancen hatte, einigen auch näherzukommen. Nun traute er sich nicht, die Trauung abzusagen, denn seine Schwiegereltern hatten dem jungen Paar einen Kühlschrank geschenkt. Er mochte seine Schwiegereltern sehr, die für ihn immer ein Beispiel an Güte und Großzügigkeit waren. Man kann keine Schwiegereltern verlassen, die einem einen Kühlschrank schenken, einen deutschen Kühlschrank von Siemens. Also heiratete er die Frau, die ihn nicht mehr anzog, die er aber noch genug mochte, um sie eine Zeit lang zu beglücken und mit ihr Kinder in die Welt zu setzen.

Und Philippe hatte immer einen Traum: Singen. Seine schöne Bassstimme hätte es ihm erlaubt, seine Gesangsträume zu verwirklichen, aber er musste seinen Lebensunterhalt verdienen, und wer kümmerte sich in der Familie schon um seine Ambitionen? Dabei hat er seine Stimme vom Vater geerbt, der sich aber selbst nur selten zu einer Melodie verführen ließ, zu einem Satz nur, einem schönen Bogen, den er unter dem Vorwand unterbrach, dass er den Text vergessen habe. Philippe sang immer nur in Chören, wo sein Bass beim Requiem von Mozart auch heute noch erklingt. Wenn er singe, sagt er, wenn das Requiem in ihm und um ihn erklinge, zerstreuten sich alle schlechten Gedanken, erlösche die Bosheit der Welt. Flöten, singen, bei offenem Fenster Auto fahren oder die Skipiste hinuntersausen. Jeder sollte, sagt er, etwas in seinem Leben finden, das ihm erlaubt, das Böse wegzupusten. Das Böse in ihm, in den anderen. Der Gesang eines Chors, sagt er, gleicht einem Lagerfeuer im dunklen Wald. Er wärmt, er erleuchtet und er hält die Schakale fern.

Ja, denkt Céline, ja, man wollte schließlich keine Familie Trapp sein, aber vielleicht wäre ihre Familie harmonischer geworden, hätte man Philippes Talent wahrgenommen, hätte der Vater selbst mit seinen Kindern gesungen, hätte die Großmutter (die wir an anderer Stelle die »böse Großmutter« nennen) ihre Opernstimme ab und zu bei Familienfeiern erklingen lassen, ja, wenn sich alle in einer Melodie eingefunden hätten. Eine tolle Kiste zu fahren oder ein alkoholisierter Abend mit Freunden tue ihm zwar auch gut, sagt

Philippe, aber die Musik hinterlasse keinen Kater, nur eine sachte, melancholische Sehnsucht. Wonach, weiß er nicht. Wüsste man, worauf sich die Sehnsucht richtet, hätte unser Leben einen Sinn und eine Richtung. Damit wären wir bei den halbierten Kugelmenschen von Platon auf der Suche nach der verlorenen Hälfte.

Eine süßliche Musik, sagt Céline zu ihrem Bruder. Riecht nach Einbalsamierung. Der Onkel mochte nur Jazz. Die Musik seiner Jugend. Man swingt sich nicht ins Paradies, sagt ihr Bruder, der nicht aufhört, ein Lächeln der Tante herbeizufantasieren und zu betrachten.

Sie waren beide gleichzeitig ins Krankenhaus eingeliefert worden. Der Onkel verschleppte seit einiger Zeit eine böse Erkältung, die sich zu einer Lungenentzündung ausgewachsen hatte. Antonina vom Pflegedienst hatte die Erhöhung des Fiebers nicht bemerkt. Sie sagte später, dem Onkel sei schon immer zu warm gewesen, er habe fast nackt geschlafen, geschwitzt und sich den Körper wund gekratzt.
Die Tante hingegen war einfach aus dem Sessel gefallen. Man vermutet, beim Versuch, ein Glas Limonade zu sich zu nehmen, das auf einem kleinen Tisch neben dem Sessel stand. Die Tante war korpulent, nahezu blind und kraftlos. Möglicherweise hatte sie noch versucht, sich auf ihren Rollator zu stützen, der wahrscheinlich wieder zu schräg vor ihr stand oder dessen Bremse nicht angezogen war. Sie stürzte auf den Tisch.
Der Tisch zerbrach nicht, das Glas zerbrach nicht, aber dafür die Hüfte von Tamara und später im Krankenhaus auch ihr Herz. Man nimmt an, dass die Tante stark gegen ihren Durst gekämpft haben muss, die zittrige Hand erfolglos zum Couchtisch hingestreckt, bevor sie sich vergeblich mühte aufzustehen und darüber immer kraftloser wurde. Wahrscheinlich hat es sie auch beunruhigt, dass ihr Mann nicht wie gewohnt auf der Couch saß, sonst nahm sie seine Silhouette wahr, hörte sein Gähnen oder Schnarchen. Es wird also

vermutet, sie wollte unbedingt und irgendwie ins Schlafzimmer zu ihrem Mann gelangen, ein Weg voller Behinderungen, den sie sowieso nicht allein hätte bewältigen können. So verbrachte sie wohl ein oder zwei Stunden auf dem Boden liegend, zwischen Rollator und Couchtisch, vor ihr eine kleine Pfütze Limonade, das Glas war durch das ganze Wohnzimmer unter den Billardtisch gerollt. Die Tante muss höllische Schmerzen gehabt haben, konnte keinen Zentimeter kriechen, hatte keine Kraft zu rufen, und der Onkel, der im Schlafzimmer angeblich seine Siesta hielt, in Wahrheit aber dabei war, in eine Art Komazustand hinüberzugleiten, konnte ihr ersticktes Jammern nicht hören.

Seit Langem hatte die Tante eine fast unhörbare Stimme. Man musste das Ohr nah an ihren Mund halten, um etwas zu verstehen. Als Antonina am frühen Abend wiederkam, sah sie zuerst die Tante im großen Salon, und als sie in höchster Erregung nach dem Onkel sehen wollte, war auch der nicht mehr ansprechbar. Antonina rief einen Krankenwagen und dann Pauline an, die der Onkel als erste Kontaktperson angegeben hatte, weil sie ganz in der Nähe wohnte und Tag und Nacht zur Verfügung stand, da pensioniert, und weil sie eben selten aus dem Haus ging, eigentlich nur, wenn sie zusammen mit ihrem Mann einen kurzen Spaziergang machte.

Ach Gott. Auch Bernard und seine Mutter sind jetzt da, die flotte Kati. Bernards weiche Züge sind schwer zu beschreiben, weiche Züge eben. Eine Brille mit dickem schwarzem Rahmen versucht, das Ganze zu strukturieren; früher dunkelblonde Locken, jetzt schütteres graues Haar. Früher Wirtschaftsanwalt, heute Pensionär. Seine Frau begleitet ihn, die stille Gabrielle (wir überlassen sie der Stille und werden sie, wenn möglich, nicht mehr erwähnen). Sie treten von einem Bein aufs andere, wippen auf den Fußballen, ihre gespannte Haltung verrät, dass sie all das hier schnell hinter sich bringen wollen, diese Schau da, dann die frommen Reden, das fade Geschwafel des einen und des anderen, die Einäscherung, den Leichenschmaus, und dann, Kinder, schnell ab zum Notar.

Kati flüstert etwas ins Ohr ihres Sohnes, sie krampft die Finger in seinen Ärmel. Sein Gesicht bleibt reglos. Bernard strahlt Ruhe aus oder vielmehr Teilnahmslosigkeit. Ein Gesicht, in das man die eigenen Empfindungen hineinprojizieren kann. Die flotte Kati ist ein wirbeliges Kind. Schon immer. Sie war nie berufstätig, hat sich aber eine Zeit lang für die Tierwelt engagiert, bis zu jener Nacht, als sie mit anderen kopflosen Militanten die Türschlösser eines unrühmlichen Hundegeheges knackte. Alle Hunde, Schäferhunde oder Pudel, flohen in den Wald und über die Hügel, manche wurden wieder eingefangen, andere verwilderten. Ihr Mann, ein angesehener Chirurg und Provinzpolitiker, besorgte ihr den teuersten Anwalt der Region – und damit auch ihren zweiten Mann. Der Strafverteidiger holte sie aus dem Schlamassel. Sie sei schwach, eine zarte Seele, die das Leid der Tiere nicht ertragen könne, und sie sei unter den

schlechten Einfluss einiger exzessiver sogenannter Tierschützer geraten. Die flotte Kati rührte den Richter mit ihrer zierlichen, blonden Erscheinung und ihrer gespielten Reue.
Ihre Liebe zu Hunden teilte sie mit Tante Tamara. Jedem sagte Kati den nichtssagenden, für Céline jedoch unerträglichen Spruch, dass Hunde besser seien als Menschen. Stimmt, sagten die Geschwister Cardin und schauten Kati tief in die Augen. Hunde wittern sofort, behauptete ihrerseits Tante Tamara, wer sie mag und wer sie nicht mag, und, meine liebe Céline, wer Tiere mag, kann kein schlechter Mensch sein. Eine der ärgerlichsten Plattitüden, die sie aus dem Mund der Tante je gehört hatte.
Gewiss denkt die flotte Kati seit einigen Tagen an nichts anderes als an das Erbe und an die Verwirklichung ihrer Träume. Aber in ihrem Alter werden die Träume knapp. Eine Kreuzfahrt vielleicht? Sie denkt wahrscheinlich eher an die Wünsche ihres Sohnes, ihrer Enkel und Urenkel. Tante Tamara und Onkel Simon besaßen eine große Wohnung im besten Arrondissement der Stadt, ein Landhaus im Beaujolais, eine kleine Wohnung an der Riviera, ein Ferienappartement bei Briançon, Versicherungen, Wertpapiere und ein gut gepolstertes Bankkonto. Weit über eine Million könnte in dem Erbe stecken.
Will die flotte Kati schon heute Nachmittag oder morgen mit ihrem Sohn den Notar aufsuchen? Wird sie sich vorher auf einen Deal einlassen, der alle als gleichberechtigte Erben vorsieht?
Sie sind jetzt zusammengerückt und besprechen sich leise mit Hélène, die ebenfalls leer ausgehen würde. Für Hélène

empfindet Céline zwar ein Gefühl der Verbundenheit, leider jedoch mit einem Schuss Abneigung vermengt, ein Gefühl, das schmeckt wie ein guter Burgunder mit Sprudel gepanscht.

Ihr Sohn William begleitet sie und ihren Mann. William habe verlangt, dabei zu sein, einen Wutanfall bekommen, weil man ihn in seine Werkstatt schicken wollte. Er will die »Cousinen Lines« wiedersehen, er liebt die »Cousinen Lines«, Céline ganz besonders, die er so selten sieht. Er will sich von Onkel Simon verabschieden, der noch bis zu seinem zehnten Lebensjahr Hoppe-Hoppe-Reiter mit ihm spielte, ebenso von Tante Tamara, die ihm seine ersten Zigaretten schenkte. Überhaupt liebt er Familienfeiern. Er ist gesellig, schlängelt sich zwischen den Gruppen durch, hält eine Weile bei Céline, mit der er sich besonders gut versteht. William liebt, ängstigt sich, freut sich, weint, lacht, er ist stolz, wütend, glücklich, er urteilt und vorverurteilt nicht, kritisiert nicht. Wenig Vernunft, vielerlei Gefühle. Ein vierzigjähriges Kind, das meistens einen Wortsalat von sich gibt. Ein Geburts-Unfall. Ein unwissender Unschuldiger, der in einem Universum lebt, das vielleicht strahlendere Farben aufweist als unseres (möglicherweise ist das auch nur unser frommer Wunsch, und wenn wir von William so vorteilhaft berichten, dann nicht nur weil wir Hemmungen haben, die hässlichen Züge eines Behinderten aufzuzeigen, sondern weil bei William wirklich fast alles schön und freundlich ist). Er liebte die Comics, die Céline ihm vorlas, als sie noch im Lande war und ihre Cousins besuchte, vor allem Spiderman und die Schlümpfe begeisterten ihn, deren Wortneuschöpfungen er mit Freude nachplapperte.

Was William nicht sagen kann, drückt er mit den Augen und mit den Händen aus, die er manchmal wie Scheuklappen seitlich an seine Augen hält, nicht um seine Umwelt zu begrenzen, sondern viel eher, deutet Céline, als Einladung, ihre eigene Außenwelt auszuklammern, mit zu ihm zu kommen, in seinen Blick einzutauchen und dessen Anderswo.
Guckma, sagt er.
Céline guckt gern in seine algengrünen Augen.
Céline umarmt William und gibt auch den anderen ein formelles Küsschen. Ach, Bernard riecht nach demselben Rasierwasser wie der Mann im Zug. Umgekehrt: Der Geruch des Sitznachbarn im Zug hätte Céline an Bernard erinnern sollen, der schon immer dieses prägnante Rasierwasser benutzt hat.
Nach der knappen Begrüßung entfernt sie sich. Niemand fragt, wie es ihr gehe, sie fragt niemanden, wie es ihm gehe. William folgt ihr. Er schneidet eine Grimasse und zeigt mit einem würgenden Geräusch auf seine Krawatte. Sie hilft ihm sie zu lockern und auszuziehen. Sie spürt in ihrem Rücken den vorwurfsvollen Blick von Hélène.

Antonina, die Krankenpflegerin, ist auch da. Sie plaudert mit Pauline und Aline. Pauline spricht leise, aber ausdrucksstark, Céline folgt dem Öffnen, Drehen und Auffliegen ihrer Hände, ein Spiel, das sie nicht lesen kann.

Aline hört dem Gespräch von Pauline und Antonina mit verschränkten Armen und zusammengekniffenen Augen zu. Sie spricht nie viel, lächelt selten und niemals auf Fotos. Wenn sie ins Objektiv des Fotografen gerät, scheint ihr fragiles Selbstbewusstsein vollständig zu verrinnen. Sie müsste eine Brille tragen, verzichtet aus Eitelkeit darauf und sagt, so trainiere sie ihre Augenmuskeln und werde mit achtzig noch ohne Brille fernsehen können. Wir wollen ihr glauben. Heute Morgen jedoch hat sie schon einen braunen Fleck übersehen, der ihre weiße Bluse nicht gerade ziert, Milchkaffee.

Als Céline sich nähert, sagt Pauline: Wir sprechen gerade über die Fahrt ins Krankenhaus, ich bin ja mit im Krankenwagen von Onkel Simon gefahren, Antonina mit Tante Tamara, und der Fahrer des Wagens hat sie gefragt: »Sind Sie mit von der Partie?«, stell dir das mal vor, unglaublich.

Céline entgeht nicht, wie sehr ihre Schwester ihr zeigen will, dass Antonina und sie etwas Besonderes erlebt haben.

»Sind Sie mit von der Partie?«, flüstert Antonina, die sich den Krankenwagenfahrer und seine Frage nicht mehr aus dem Kopf schlagen kann.

Eine ungehörige Frage, sagt Pauline, findest du nicht?

Die Geschwister sind froh, einen Augenblick lang von ihrer Trauer und von sich selbst befreit zu sein und über etwas anderes zu sprechen. Philippe versucht einen Scherz über Flirts und Liebesbegegnungen bei Krankentransporten und Beerdigungen.

Ja, Pauline, du hast recht, sagt Antonina, aber der Krankenwagenfahrer war nett und auch wissenschaftlich interessiert, er ist auf *Science et Vie* abonniert. Wir haben uns über das Gedächtnis des Wassers unterhalten.

Ouah, sagt Pauline, das Gedächtnis des Wassers, armes Wasser, armes Mittelmeer.

Er war wirklich sympathisch, sagt Antonina, er kann ja nicht bei jeder Fahrt mitweinen.

Wittmeinen, sagt William, wittmeinen. Er strahlt: Gib die Hand.

Céline gibt ihm die Hand. Seine Augen glänzen. Er hat seine Krawatte um einen Finger gewickelt, zieht damit Kreise durch die Luft. Wittmeinen. Onkeltante maustot.

Bist du traurig, William?

Nee, Willi net traurig. Er streichelt ihre schwarze Lederjacke. Du schick!

Danke, William. Du auch. Was machen die Schlümpfe?

Schlumpfen, sagt er. Schlümpfe schlumpfen. Den Satz kann er seit dreißig Jahren perfekt. Er lacht zu laut.

Alle drehen sich zu ihnen um und er sich zu seinen Eltern. Alle schweigen.

Die sprechen über die Fotokopie, flüstert Pauline.

Fotokopie, nickt William.

Antonina legt die Hand auf Célines Schulter.

Ach, es tut mir so leid.

Sie ist eine mollige Frau mit blauen, leicht hervortretenden Augen und rollt singend die Rs. Onkel Simon liebte Antonina.

Es tue ihr leid, wiederholt sie, dass sie den Ernst der Lage nicht klar, nicht schnell genug erkannt habe, mittags sei der

Onkel noch bei Bewusstsein gewesen, er habe noch deutlich gesprochen, habe morgens zwar nicht duschen wollen, habe sich aber im Bett ohne Protest waschen und rasieren lassen, obwohl er die ganze Prozedur gehasst habe, er habe keinen Hunger gehabt, aber immerhin Tee getrunken und einen Orangensaft. Und mittags ein bisschen Kartoffelsuppe mit Zwieback gegessen. Seine Hände sind heiß gewesen, aber, wie ich es Ihrer Schwester schon sagte, dem Onkel war immer zu warm (hat Céline da ein anzügliches Zwinkern in ihren Augen gesehen?). Es ist einfach Pech gewesen, dass ausgerechnet in meinen zwei freien Stunden auch noch Ihre Tante gestürzt ist.

Antonina schaut Céline nun mit tränenumflorten Augen an, ihr Blick fleht nach etwas, was Céline ihr nicht geben kann, nach einem Trost, einer schwesterlichen Umarmung vielleicht.

Ja, es war Pech, sagt Céline endlich, Sie haben alles richtig gemacht, Antonina, keine Sorge, niemand macht Ihnen Vorwürfe.

Zum dritten Mal beginnt Pauline nun die letzten Tage des Onkels und der Tante ausführlich nachzuerzählen. Der Notarzt, sagt sie, konnte nicht viel sagen, es war gut so, ich war sowieso zu aufgewühlt, um etwas zu verstehen. Das, was in der Brust des Onkels rasselte, bedeutete nichts Gutes, und Tamara hatte sich wahrscheinlich die Hüfte gebrochen, das war dem Notarzt klar, es war schrecklich anzuhören, wie sie aufschrie, wenn man von Aufschreien sprechen darf, eher von Röcheln und Wimmern, als die Pfleger sie auf die Trage hievten. Der Arzt hatte ihr ein Betäubungsmittel gegen die Schmerzen gespritzt, aber es hat nicht so schnell gewirkt.

Und später in der Notaufnahme haben sie erkannt, dass Tante Tamara wegen ihres hohen Alters und wegen des schlechten Zustands ihres Herzens eine OP nicht überstehen würde. Ich machte auf den Arzt einen so elenden Eindruck, dass er auch mir ein Beruhigungsmittel anbot, du kannst dir nicht vorstellen, in welchem Zustand ich war.

Céline ist von Pauline besonders dann genervt, wenn sie ihr sagt, sie könne sich etwas nicht vorstellen. Meine Güte, sie strapaziert ihre Fantasie und ihre Empathie für Pauline seit sechs Jahrzehnten. Aber Pauline lässt es sich nicht nehmen, die Dramatik ihrer Situation herauszustellen. Sie braucht das.

Mein Herz raste, sagt sie. Du kannst dir das einfach nicht vorstellen, Céline. Mein ganzes Leben paradierte vor mir, als Tamara und Simon auf ihren Tragen liegend an mir vorbeigeschoben wurden, ich die Hände der beiden noch kurz berühren konnte.

Ja, sie habe noch die Hand der Tante berührt, und die Zähne des Onkels habe sie gerade noch rechtzeitig aus einer Schublade hervorgekramt.

Erspare mir bitte die Zähne, flüstert Céline.

Na, ich habe sie jedenfalls schnell gereinigt, zwinkert ihr Pauline zu, und in sein Handgepäck gesteckt. Gefragt habe sie sich später aber vor allem, ob es eine Bedeutung habe, dass der Onkel als Erster die Wohnung verlassen habe und die Tante ihm gefolgt sei. Besonders schockierend sei die Tatsache, dass sie zusammen auf einmal aus ihrer Wohnung weggebracht worden seien und nie mehr zurückkehren würden, es erschrecke sie, als würde man absichtlich beide gleichzeitig abschaffen wollen, eine drastische ökonomische

Maßnahme, wennschon, dennschon, dann brauche man das Theater nicht ein zweites Mal zu erleiden. Kannst du das verstehen?

Sie kann. Céline erinnert sich an den Umzug, als sie acht oder neun war und ihre Mutter befand, dass die Kinder ihr Spielzeug selbst sortieren könnten, man brauche diese Platz erfordernden Plüschtiere nicht mehr, auf jeden Fall keine zwei Teddys, diese Teddys, Céline und Pauline, sind furchtbar alt und schmutzig, die laufen inzwischen von selbst in die Mülltonne, das seht ihr doch ein, oder? Der Affe und die Gummigiraffe sind noch einigermaßen in Ordnung, wirf sie in diese Kiste hier, Céline, die weiße Kiste mit dem roten Kreuz darauf. So. Und jetzt macht ihr allein weiter.
Céline und Pauline sollten also entscheiden, wer in die weiße Kiste und wer in die Mülltonne kam. Die beiden alten Bären mussten dran glauben und wurden mit dem Müll entsorgt, und als sie dafür plädierte, doch einen der beiden zu retten, lachte die Mutter und sagte: Wennschon, dennschon, alle beide, sieh mal, in der Tonne sind sie wenigstens ein letztes Mal zusammen. Die Mülltonne wurde zum Sarg, die Teddys zu Teddyleichen, die bald darauf abtransportiert wurden. Célines erster Trauerfall.

Als sie vorbeigetragen wurden, flüstert Pauline jetzt, hat Tante Tamara versucht, mir etwas zu sagen, ich konnte sie aber nicht verstehen. Die Männer hatten Schwierigkeiten, die Tragen um die Kurve im Treppenhaus zu befördern. Jeden Augenblick habe ich gefürchtet, dass etwas schiefgeht. Der Onkel röchelte, die Tante hatte die Augen im Schmerz geschlossen.

Céline könnte sich viel besser vorstellen, wie Tamara und Simon die Wohnung verlassen haben, wenn Pauline einfach schweigen würde. Sie könnte viel deutlicher sehen, wie ihre Schwester tränenüberströmt den beiden aus der Wohnung hinterherlief, wie sie schon immer hinter der Liebe hergekrochen ist, der Liebe des Onkels und der Tante, der Anerkennung der anderen, die sie hätte bekommen sollen und glaubte verdient zu haben. Von Stufe zu Stufe springt sie von dem einen zum anderen, behindert die Träger, Madame, lassen Sie uns bitte vorbei. Céline könnte sich viel besser ausmalen, wie ihre Schwester Tamaras oder Simons Hand drückt und ihnen verspricht, dass sie sicher bald gesund zurückkämen, wie sie in den ersten Wagen mit dem Onkel einsteigt, der weiter um Sauerstoff ringt, während Antonina mit der Tante mitfährt.

Sie knöpft Alines Blazer zu: So siehst du besser aus, Aline.
Eins-zwei Kaschten, sagt William und zeigt Céline einen, dann zwei Finger.
Ja, zwei Särge, erklärt sie, zwei Särge für die Toten.
Tot tot tot, gackert William, Line muss. Tot. Töten. (Was haben wir gehört, muss Céline den Tod töten?)
Sie spürt wieder, wie sich ihre Kehle zusammenschnürt, wie

ihr Bauch sich aufwühlt. Vier schwarz gekleidete Männer tauchen auf, grüßen sachlich in die Runde, schnell und geschickt verschließen sie die Sargdeckel. Weggeschraubt sind die gelben Gesichter. Pauline knabbert an ihren Nägeln. Aline verschränkt die Arme eng an ihrer Brust. Philippe guckt beunruhigt zu, wie die Männer ihre Schwierigkeiten haben, die beiden Särge auf einen Rollwagen zu heben.
Céline dreht sich um, sie muss schnell auf die Toilette. Sie läuft mit den zwei Toten in ihrer Brust.
Wie überwinden diese Männer die Kluft zwischen dem beruflichen Auftritt und ihrem persönlichen Leben? Wie schaffen die Leichenbestatter es, die Trauergesichter der Menschen abzuschütteln? Ob ihre Sachlichkeit sich zu echter Trauer wandelt, wenn sie einen jungen Menschen bestatten? Wie lange tragen sie die gelben Gesichter in sich, die sie gerade weggeschraubt haben? Fünf Minuten, einen Abend lang? Ob ein winziger Teil der Verzweiflung der Hinterbliebenen sich auch in ihren Zellen niederlegt und nie mehr verloren geht?

Die Toiletten sind alt und schmutzig; blöde Sprüche sind wie in einem Kneipenklo auf die Türen gekritzelt. (Wie kann man in einem solchen Ort ...?) *Ist das Leben schöner nach dem Tod? – Je nachdem, wer gestorben ist.* Jetzt muss Céline doch ein bisschen lächeln. Sie wäscht sich die Hände, bespritzt ihre Stirn, fixiert unwirsch ihr Spiegelbild und erschrickt, als sie wieder aus der Toilette herauskommt. Alle haben die Abschiedshalle bereits verlassen und sind wohl schon weiter zum Krematorium, wo vor der Einäscherung eine kleine Zeremonie stattfinden soll. Sind sie aus dem Gebäude links oder rechts hinaus? Und wo ist ihre Handtasche? Auf dem Waschbecken vergessen. Céline eilt zurück. Dann rasch mit der Tasche wieder hinaus.

Außer Atem holt sie den kleinen Trauerzug ein, Pauline wirft ihr einen angstvollen Blick zu, Mensch, wo warst du denn? Sie gehen auf der mit Birken und Kastanien flankierten Kiesallee, die zum Krematorium führt. Céline hält kurz an, um drei glänzende Kastanien vom Boden aufzuklauben, die sie in ihre Manteltasche steckt, obwohl sie weiß, bald haben sie ihren Glanz eingebüßt und sie wird sie wegwerfen. Aber jetzt hält sie sie in der hohlen Hand, und das tut gut. Die Füße scharren im Herbstblättermeer, es steigt ein leicht säuerlicher Heugeruch auf, die Luft ist kühl, jeder Mund bläst seine kleine Wolke vor sich her, die Schuhe knirschen, Birkenlaub wirbelt zu ihnen herab, Bernard hat die flotte Kati eingehakt, deren Schuhabsätze im Kies zwei Rillen ziehen. Ein gelbes Herz fällt von einer Birke auf ihr dunkelblond gefärbtes Haar, und eine Minute lang schielen die Geschwister Cardin amüsiert auf diesen Goldpunkt. Gesegnet.

Céline hat sich wieder beruhigt, die kühle Luft tut gut, die Sonne blickt für ein paar Minuten hinter den Wolken hervor, Céline atmet durch und zaubert die roten Wollsocken des Onkels her, die vor ihr hergehen, ihr die Richtung zeigen, am Schienbein abgerollt über seinen Wanderstiefeln, auf einem nebligen Bergrücken im Queyras-Massiv. Onkel Simon trug zu kurze Hosen, die seine gebräunten Schenkel frei ließen, dicht hinter ihm kämpfte Céline mit dem Schwindel, vermied den Blick in die Nebelschwaden, die sich über der Tiefe rechts wie links ausbreiteten, lief nah an seinen muskulösen Waden, ließ die roten Wollsocken nicht aus den Augen. Er machte sich gerne lustig über ihre Höhenangst, er, der im zivilen Leben oft genug ein Schlappschwanz war, der seine Späße hinter dem Rücken seiner energischen Frau machte und vor ihr kuschte wie eines der geliebten Hündchen, er, der gern über die Angst der anderen frotzelte, er hatte den Kamm schon bei klarem Wetter erkundet und wusste, man riskierte sein Leben trotz eingeschränkter Sicht nicht. Sie übertrieb aber auch gern ihre Furcht vor dem Abgrund, vielleicht bildete sie sich diese Furcht sogar nur ein, um ihn zu befriedigen, um ihm damit die Rolle des Beschützers zu schenken.

Céline war schon einmal einen abschüssigen Hang hinabgerutscht und wusste, dass man da kaum Zeit hat, sich an irgendeinem Stein oder Büschel festzukrallen, bevor man von der Felswand stürzt. Damals war ihr das gerade so gelungen.

Onkel Simon verspottete auch gern die Ängste ihres Vaters in den Bergen, der sie aufrichtiger äußerte als er, der angeblich couragierte Simon, der allerdings nur auf das Jammern eines Angsthasen wartete, um zurückzukehren, der so tat, als wäre er weitermarschiert, wenn dieser Feigling, sein Bruder, ihn nicht gezwungen hätte zurückzukehren. Er sprach und handelte nach dem Motto der Mittelmäßigen: Mach den anderen klein, dann machst du dich größer. Heute sieht Céline klar, dass sie immer klar gesehen hat, dass ihr Onkel sie nie geblendet hat, die freundliche falsche Münze, der dicke Angeber, und sie weiß auch, dass Kinder und Jugendliche in ihrem unersättlichen Liebesbedürfnis jeden beliebigen Onkel vergöttern können, gewöhnlichste, sogar bösartige Menschen.

Die Tugenden ihres Vaters waren fest in seine ehrliche trockene Haut eingewickelt, während die Fehler des Onkels in fröhliche, farbige, ölige Gemütlichkeit verpackt waren. Und die Tante erschien ihr immer als die junge und lustige Tante mit den extravaganten Kleidern und den rot gelackten Fingernägeln, während die eigene Mutter als graue Maus durch die Wohnung trottete. Onkel Simon und Tante Tamara schenkten ihnen Taschengeld und Tischfußball, während der Weihnachtsmann ihnen zwölf Farbstifte oder ein Buch über Tiere unter den Baum legte. Céline und ihre Geschwister waren schon käuflich, da wussten sie noch nichts von giftigen Familienbeziehungen.

Während die Birkenherzen zwischen die Trauernden und die Särge rieseln, wirbeln um Céline eine Menge Bilder. Es regnet die Mentholzigaretten der Tante, es prasseln die Pampelmusen der Freitagsessen, wenn sie die beiden am Nachmittag nach der Uni besuchte, Onkel Simon seinen Zahnarztkittel abstreifte und Tante Tamara aus ihrer Damenwäschemanufaktur hereinstürmte, es schwirren die spitzen Buchstaben der seltenen Briefe von Tante Tamara herab, die sich alle auf die schwangere Pauline bezogen, es bricht sich das Herbstlicht in den Whiskygläsern, die Simon zum Aperitif aus dem Schrank herausholte. Es prasseln die Erdnüsse, die der Onkel gierig zermalmte, so schnell, als nähme er teil an einem Wettbewerb um die Krone für den schnellsten Erdnussesser. Sein ironischer Blick fällt herab auf Céline, der Blick, wenn sie etwas formulierte, das ihm zu intellektuell, zu gestelzt war. Es plätschern sein Kichern, sein hohes Lachen, seine helle Stimme, seine nichtssagenden Worte und die Erwiderungen seines Gegenübers, die er überhörte; auch wenn er bei Diskussionen flexibel und beeinflussbar wirkte, wechselte er seine Meinung nie, korrigierte seine Denkfehler nicht, die Meinungen und Informationen der Gesprächspartner wurden still in den Wind geschlagen. Er war undurchlässig, schalldicht. Die Scheingefechte mit ihm aber mochte sie, sie waren Selbstzweck, dienten keinem inhaltsvollen Austausch, nein, es ging einzig um den Rausch, um die Gemeinschaft, man fühlte sich lebendig und zusammen. Er war rechts, sie links. Er war, wie er war. Und es flattern die BHs herab, die Tante Tamara aus ihrer Manufaktur mitbrachte und die Céline anprobieren musste, die Tante bemängelte den Halt der Träger, den Schnitt des Cups. Na, was meinst du, Céline? Heb mal die Arme hoch, nuschelte sie mit einer Stecknadel im Mund, wir wollen vielleicht hier noch einen Zentimeter Spitze anlegen, warte mal, ich bin nicht fertig, ja, ich weiß, Mädchen, du hast noch so feste Brüste, du brauchst im Grunde das Ding nicht, denkst du, aber glaube mir, wenn du die Festigkeit dieses hübschen Busens erhalten willst, dann trage jeden Tag: den rettenden BH aus der Manufaktur von Tante Tamara. Lasst sie fallen, eure jungen Brüste, sang sie imaginäre Emanzen an, wir werden sie schon wieder aufheben. Sie schenkte Céline auch eine Creme, um Falten vorzubeugen, Vorbeugung ist das A und O, erklärte sie, in jeder Hinsicht, dem Alter muss man rechtzeitig die Nägel zurechtfeilen. Sie ließ gern die Trägergummis auf Célines Schulter schnalzen, und während sie daran manipulierte, betrachtete Céline die glatte, immer gebräunte Haut ihrer Tante, eine lebendige Haut, eine appetitliche Haut, die man gern küsste, während ihre Mutter nur gepuderte Wangen anbot, frühzeitig verwelkt und verrunzelt. Auch der Onkel begutachtete den BH. Céline bemerkte sein Lächeln und wie sein Mund sich kräuselte.

Sie kickt eine Kastanie mit der Schuhspitze weg, die Kastanie landet auf dem rechten Unterschenkel von Philippe, der vor ihr läuft und sich nur kurz erstaunt umdreht und nicht erraten kann, dass Céline auf einmal einer ganz anderen Beerdigung beiwohnt. Weil sich hinter einem Sarg immer ein weiterer Sarg verbirgt, folgt sie jetzt ihrem Vater

auf seinem letzten Weg. Ernest Cardin, der vor mehr als zwanzig Jahren in den verschneiten Alpen beerdigt wurde. Philippe hatte Céline angerufen: Man habe den Vater in seinem Seniorenheimzimmer bewusstlos aufgefunden. In der Klinik habe Philippe den Arzt gebeten, die Maschine, die den Vater noch künstlich am Leben hielt, abzustellen. Céline traute sich nicht, dem Bruder zu sagen, er hätte auf sie warten sollen, sie hätte den Vater gern vor seinem Tod noch einmal gesehen, seine Hand gestreichelt. Vielleicht hätte er ihre Anwesenheit noch gespürt. Philippe hatte aber nicht an sie gedacht. Er hatte angeordnet, was angeordnet werden sollte. Sie zitterte. Während der ganzen Fahrt in die Alpen zitterte sie. Vielleicht lag das Zittern nur am Rattern und Wackeln des Zugs, sie hatte irgendwann das genaue Denken und Fühlen dafür verloren, vor ihr und in ihr vibrierte ein chaotisches Leben, ein überwältigender Umzug von Wagen und Abteilen mit Möbeln, Geschirr, unaufgeräumten Angelegenheiten. Das Aufräumen verlangte nach Kräften, die sie nicht besaß. Das einzig Klare war das Heimatgefühl in den Bergen. Mit ihrem Vater hatte sie gelernt, die Bergluft einzuatmen. Von ihm hatte sie gelernt, den Aufstieg zu lieben, die spitzen Felsen, den Gipfel, auf dem man leer, allein, ungetrübt ausatmet.
Und wo waren Simon und Tamara? Die Beerdigung fand an einem 31. Dezember statt. Die Tante und der Onkel hatten sich mit Freunden und der flotten Kati an der Côte d'Azur verabredet, um Silvester zu feiern. Sie schwänzten die Beerdigung wie Schüler den Ethikunterricht.

Hör mal, sagte Céline am Telefon zu Onkel Simon, Papas Beerdigung ist doch morgens, und du kannst anschließend wieder nach Nizza zurückfahren. Die Nacht, so seine Entschuldigung, breche um diese Jahreszeit so früh herein, im Grunde schon am frühen Nachmittag, außerdem sei schlechtes Wetter angekündigt, vielleicht Schnee, und die Messe, die Beerdigung, Céline, dann der Leichenschmaus, vor drei oder vier Uhr sind wir doch nicht weg! Und die Straßen sind nicht ohne. Nein, er könne mit seinem grauen Star nachts kein Auto fahren, und du weißt, meine liebe Céline, wie ungern und schlecht deine Tante fährt.
So waren es nur die Kinder Cardin und eine alte Nachbarin, die an der Beerdigung teilnahmen. Als man den Sarg ins Grab hinabließ, stieß er auf gefrorene Erde.
Céline stapfte mit ihren Geschwistern durch den Schnee zum Friedhofsausgang. Sie vermisste Onkel Simon und Tante Tamara. Alle vier fühlten sich ohne sie doppelt verwaist.

Abends packten sie Fertigpizzen aus und Erinnerungen gerieten durcheinander: die Wut und das Schreien des Vaters, wenn sein Sohn schlechte Noten nach Hause brachte, wenn die Töchter geschlechtsreif, rebellisch und schwanger wurden (wir kommen später darauf zurück); wie peinlich dem Vater dann die Schadenfreude der Lyoner war, wie groß seine Angst vor der eigenen Mutter, der bösen Großmutter, die sich seiner schon als Baby entledigt hatte, erst Amme, dann Internat (dein Vater, Mädchen, war ein phlegmatisches Kind, ein Faulenzer, ein willenloser Hans Guckindieluft); das Gerede der Leute, seine Scham, seine Migränen, seine Melancholie, sein Geiz der Familie gegenüber und wiederum seine Großzügigkeit (Pfarrer und maghrebinische Gastarbeiter brauchten bei ihm nicht zu bezahlen), sein Hass auf seinen Zahnarztberuf, seine Sehnsucht nach den gebissfreien Tagen, den schönen Sonntagen. Dann würde er bei Sonnenaufgang hoch in die Berge ziehen, hoch zu den Gipfeln, weit oberhalb der Waldgrenze Atem holen, die lichten Hänge und das diesige Tal anschauen und tief die Bergluft einatmen. Dann würde die Sonne sein Gesicht berühren. Und der Wind, das Wasser, die spitzen Felsen würden ihm Stunden schenken, in denen er allein wäre, ohne Kinder, ohne Muttertelefonat, ohne den Blick der Leute. Im Schweigen wäre er geborgen, denn das Krächzen der Bergdohlen, das Donnern des Sturzbachs, das Pfeifen des Windes um seine Ohren würden das Geschwätz in seinem Kopf übertönen, alles würde stumm in ihm versinken und verschwinden wie das Gestein unter der Schneedecke.

Um Mitternacht öffneten die Geschwister eine Flasche Champagner, die noch im Keller des Chalets gelegen hatte. Sie standen in ihren Mänteln auf der Terrasse, Bilderbuchsterne funkelten, ein neues Jahr begann. Sie versuchten ein paar Scherze über Onkel Simon und Tante Tamara in Nizza zu reißen und sprachen von den beiden egoistischen Verrätern, von dem Blödmann Simon, der sie im Stich gelassen hatte, dem Kain, der den Bruder erschlug, aber die Witze, die Grobheiten klangen künstlich, und erst nach mehreren Gläsern Génépi konnten sie sich herzlich über den vorgeflunkerten grauen Star des Onkels amüsieren, eine Erfindung, lachte Céline, die perfekt zu seiner Art der Verschleierung passte. Sie froren, wünschten sich ein gutes neues Jahr und gingen in ihre Kinderzimmer.

Auf ihrem Etagenbett wälzte sich Céline. Ihr Vater war in einem Seniorenheim in Lyon gestorben. Sie waren sich einig gewesen, dass er dort gut untergebracht war. Sie arbeiteten ja alle noch, Pauline hing in einer Depression, Philippe in der Scheidung, Céline selbst lebte in Deutschland, und keiner hatte so wirklich Lust, sich mit dem melancholischen, nörgelnden Mann zu befassen. Der Vater hatte eine einsame Kindheit im Internat verbracht, ebenso ein einsames Altern im Heim. Als wäre das letzte Domizil die logische Folge des ersten, als würde das Zweite im Ersten gründen.

Als sie endlich einschlief, hatte Céline einen wirren Traum. Sie träumte von Schirmen und vom Geburtshaus ihres Vaters.

Ein kleiner Junge im grauen Anzug lief zwischen den Beinen von eleganten und korpulenten Damen umher. Eine von ihnen war Célines Großmutter. Sie zückten Schirme, die sie auf Knopfdruck aufspringen ließen und wieder zusammenfalteten, als wäre es ein Feuerwerk, das im Himmel verglüht. Das blasse Kind stieg die Haustreppe hoch, es hielt eine antike Pistole in der Hand und zielte auf seine Schwester, drückte ab, verpasste sie und traf den Kleiderschrankspiegel, der in tausend Stücke zersplitterte. Die Damen liefen schreiend davon, und das Kind, in dem Céline ihren Vater erkannte, zielte nun auf sie, seine Tochter.

William ist der Obhut seiner Eltern entflohen und hakt sich bei Aline ein. Sein Vater läuft ihm nach. Er hebt die Krawatte auf, die William hat fallen lassen.

William, lass Aline in Ruhe, es ist eine Beerdigung, man muss ganz leise sein, komm.

Schauberwott, fällt William ein.

Bitte, bitte, ergibt sich sein Vater, bitte komm.

Onkel in de Kiste, sagt William, kann nix hören.

Du bist ein kluger Junge, sagt Aline.

Du schick, lächelt William und streichelt schnell noch ihren Mantel, bevor sein Vater, der längst kleiner ist als er, ihn am Arm packt und mitnimmt. William schleift mit den Füßen über den Kies.

Scheiß schrauf, schmettert er Richtung Aline.

Das haben wir nicht gehört, wirft sie ihm versöhnlich hinterher.

Ihre Worte erreichen ihn nicht. Seine Eltern halten ihn jetzt fest an der Hand. William dreht sich weiter um, stolpert beinahe, befreit sich und winkt Aline komplizenhaft zu. Er nimmt dem Vater seine Krawatte wieder ab und wirft sie hinter sich. Der Vater schaut ein bisschen buckelig und vergraut aus.

Émile, früher befummelte er gern die schönsten Frauen der Familie, rief sie dann an. Ein Gesülze, kann ich euch sagen, erzählte die Frau von Philippe, sie sei sein Geheimgarten. Man vermutete, er habe einen blühenden Park voller Geheimgärten. Tante Tamara beteiligte sich fröhlich an dem Klatsch, schreckte vor keinem pikanten, aber erfundenen Detail zurück. Über jemanden herzuziehen war ein Familienhobby und Tante Tamara darin besonders begabt, von Kopf bis Fuß auf Ironie eingestellt. Bei Menschen, die sie nicht mochte, konnten ihre Spötteleien durchaus verletzend und vulgär ausfallen. Sie, die Kinderlose, sah in Célines Mutter beispielsweise nur eine hirnlose Gebärmaschine, und insgeheim, aber Céline hatte das schon mitbekommen, nannte sie ihre Schwägerin »die Glucke«, auch sagte sie von Célines Vater, er habe das warme Wasser nicht erfunden. Sie ersparte niemandem ihren stutenbissigen Spott, grinste über Hélènes Mutter, die alte Félicie, die feuchte Fürze ließ, lachte über Émile, für seine Seitensprünge habe sie volles Verständnis, denn dieser verkniffenen Hélène einen Orgasmus zu verschaffen sei sicher schwerste Arbeit. Tante Tamara hatte ein Gespür für die Lächerlichkeit jedes Menschen, mochte schlüpfrige Witze, und ihre scharfe Beobachtungsgabe war gefährlich.

Line, line, line, alle line, hört man William lallen, der auf einmal stehen bleibt und auf die Cousinen wartet.
Maigret auch tot?, fragt William.
Nein, William, ich habe ihn zu mir genommen, antwortet Pauline.
Sie gehen weiter und stellen leise Vermutungen über die Wahrscheinlichkeit an, dass der Kater Maigret nach dem Schreck des Sturzes zu Tante Tamara geschlichen ist, sich neben ihren Kopf gelegt, ihre Stirn angestupst, ihre Hand geleckt hat.
Céline stellt sich jedoch eher vor, wie Maigret sich aus dem Sessel der Tante rettet und durch den Raum flitzt, einen Salon, den Tamara wegen ihrer Blindheit nur noch schemenhaft erkennen kann. Vielleicht hört sie, dass ihr Kater auf

den marmornen Kamin hopst und dann zwischen Fotorahmen schlingert, Fotos von Neffen, kleinen Kindern, vielleicht ruft sie nach Maigret, ein Hauch von Ruf; Maigret, der gerade das Schillern des unerreichbaren Kristalllüsters beobachtet, den ein Durchzug manchmal zum Klirren bringt, vielleicht vernimmt die Tante das kaum wahrnehmbare Geräusch seiner Pfoten, als er auf den Bridgetisch springt und an den Spielkarten schnüffelt und niesen muss. Tamara liebte Kartenspiele, brachte es als klassifizierte Spielerin zu mehreren Bridgeturnieren, schon lange aber wurden die Karten nicht mehr gespielt, weil sie Pik und Kreuz, Karo und Herz verwechselte, bald darauf auch die Zahlenwerte der Figuren nicht mehr lesen konnte, die Farben schließlich verschwammen und nach und nach auch die Bridgepartner verstarben. Es gebe doch Spielkarten für Sehbehinderte, bemerkte einmal Céline. Aber wer möchte denn dann bitte schön mit mir und solchen komischen Karten spielen?

Tante Tamara klagte nie über ihre Behinderung. Von Tag zu Tag war sie mehr in einem Zustand des Schweigens, des Innenlebens, der Abwesenheit versunken. Sie hatte in den letzten Jahren vor ihrem Tod stark zugenommen. So als verdrängte das Fleisch, das sie zulegte, die aktive Frau immer mehr, bis sie, zu einem harten Knoten zusammengepresst, unter all dem Fleisch kaum noch zu erkennen war.

Maigret springt vielleicht vom Bridgetisch wieder hinunter, trottet über den Perserteppich und über den Holzboden, in den schöne Muster eingearbeitet sind und der schon seit Jahren nicht mehr gebohnert wird, sich zu schälen beginnt, Maigret schmiegt sich wieder an Tante Tamara, die ihm zuhaucht: Maigret, lauf zu Simon, weck ihn doch.

Sie hofft, ihren Mann zu sehen, wenigstens noch einmal seine Hand zu spüren, seine Stimme zu hören. Auch wenn sie seit etlichen Jahren andauernd streiten, auch wenn in ihrer Ehe das Wortgefecht so notwendig geworden war wie der tägliche Aperitif, konnten sie nicht lange ohne einander sein. Wenn Simon sich im Sommer entschied, die Stadt und seine Frau für vierzehn Tage zu verlassen, um in den Bergen mit Céline und ihrem Vater zu wandern, schmollte Tamara noch Wochen nach Simons Urlaub. Mit vorwurfsvoller Miene begutachtete sie seine Mitbringsel, wog die schön verpackten Geschenke in ihrer Hand, ließ das goldene Schnürband um ihren Ringfinger gleiten, als wollte sie das Geschenk tatsächlich abwiegen, meistens ein seidener Schal, den sie am nächsten Tag ihrer Putzfrau gab.

Er nannte sie *ma cocotte*, ein Wort, das auf Französisch sowohl einen gefalteten Papiervogel als auch einen Kochtopf und eine Prostituierte des Zweiten Kaiserreiches bezeichnen kann (und in Kanada sogar die Blüte des Cannabis), das sich aber auch als leichtes Kosewort für junge, flinke Mädchen eignet, *ma cocotte*, mein Kükchen, rief er Tamara, die längst kein süßes Mädchen mehr war. Er blieb freundlich, ein Gleichgültiger, der aber ohne eine Frau verloren gewesen wäre. Sie nahm ihm jede Entscheidung ab. Im Grunde war er das Kind, das sie nicht haben konnte, gehorsam und schwach, manchmal ein bisschen kapriziös und kratzbürstig, schnell aber in die Schranken zu weisen.

Als hätte Pauline ihre Schwester denken gehört, fragt sie: Warum haben wir sie eigentlich so geliebt?
Weil man die Menschen nicht für ihre Tugenden liebt, sagt

Céline. Die Tugenden der anderen machen mich klein, ihre Schwächen machen mich groß.

Natürlich war das keine umfassende Antwort. Man hätte ja auch antworten können: Zwischen Gewinnern und Verlierern wählen Kinder eben immer die Gewinner. Ihre Eltern waren einfach keine Identifikationsfiguren. Sie waren traurig wie ein Teller Linsen, Onkel Simon und Tante Tamara aber bunt und heiter wie eine Tüte Bonbons. Oder: Weil Kinder gern gleichgültige Freundlichkeit mit echter Zuneigung verwechseln.

Sie nähern sich dem Portal des Krematoriums. Es entsteht ein Stau, da Trauernde aus einer vorherigen Zeremonie hinausströmen. Keine verquollenen Augen. Wahrscheinlich ein uralter Großvater, eine Urgroßmutter oder ein Nachbar. Jemand, der im Weg war. Einige der Gäste bleiben stehen und zünden sich eine Zigarette an. Sie haben es hinter sich gebracht.

Jetzt sind die Cardins dran.

Es wird keine Messe gelesen, Simon und Tamara waren zwar getaufte Katholiken, glaubten aber nur an sich selbst und an das irdische Leben. Während viele Greise sich in der Nähe des Todes doch wieder der Religion zuwenden, blieben Tamara und Simon resistent, was Céline ihnen hoch anrechnet. Eine kleine Zeremonie wird jedoch stattfinden, von einem Diakon in der Empfangshalle des Krematoriums orchestriert. Einige Gebete, einige Worte, ein, zwei ausgewählte Lieblingssongs des Onkels, die Tante interessierte sich nicht für Musik. Auf einem Tisch am Eingang ist ein Foto der beiden aufgestellt.

Onkel Simon und Tante Tamara stehen auf dem Balkon ihres Landhauses und schauen zu dem Fotografen herab. Die Froschperspektive macht sie größer und schlanker, trotzdem sind sie nicht sehr deutlich zu erkennen; auch wenn ein schräger Sonnenstrahl ihre Gesichter und den rechten Arm des Onkels beleuchtet, heben sie sich schlecht von dem Mauer fressenden Efeu hinter ihnen ab. Vermutlich hat Pauline dieses Foto wegen des Onkels ausgewählt, der wie für einen Abschied zu winken scheint, ein Winken, das aber vermutlich eher ein Abwinken war, dem Fotografen gegenüber. Vielleicht aber steckt hinter dem Foto auch eine kleine Nachricht von Pauline an Hélène: Siehst du, liebe Cousine, Onkel Simon und Tante Tamara stehen vor *ihrem* Landhaus, dem großen Familienhaus, das nicht nur dir, sondern auch Simon und Tamara gehörte.

Ja, Hélène möchte unbedingt den Hausanteil von Simon und Tamara erben, ein gut eingerichteter zweiter Wohnsitz, durchzogen von Eichenbalken und ausgestattet mit Nussbaummöbeln. Auch den großen Garten mit seinen Zedern, seinen Rosen, seinem Teich und dem Swimmingpool teilen sich Hélène und Onkel Simon schon seit Jahren. Es wäre doch nur recht und billig, wenn das Erbe der Großeltern Cardin nun wieder ganz in einer Hand läge. Auch Hélènes Mann sieht sich gern über Land und Berge am Steuer seines Landrovers kurven oder mit hohen Stiefeln und geschultertem Jagdgewehr den ihm gehörenden Wald beschreiten. Dabei wird er von seinem Jagdhund begleitet, einem Labrador Retriever, der im Ehebett schläft und Hélène daraus verdrängt hat.

Aber jetzt, wo Tamaras Testament verschwunden ist, könnte Simons Anteil in den Besitz der flotten Kati übergehen, und stellen Sie sich vor, was dann passieren würde: Die völlig übergeschnappte Kati und ihr biedermeierlicher Sohn mit der ganzen Clique, den vielen Kindern und Enkeln, die mir nichts, dir nichts im gemeinsamen Becken planschen, die die Himbeeren und Johannisbeeren des Obstgartens plündern, große Blumensträuße abpflücken, die Zimmer verwüsten, *adieu*, du himmlische Ruhe, *au revoir*, du reizende Idylle. Schlimmer könnte es nur noch kommen, wenn die verrückten Lines-Cousinen sich jetzt auch in Simons und Tamaras Anteil einnisten würden, sie und ihre Brut Tür an Tür mit ihr zusammen, im schönen

Familienhaus,

das die Dorfhäuser des namenlosen Volks weit überragt und das wir gern hymnisch besingen: Nach dem Tod der Großeltern Cardin kauften Onkel Simon und Hélènes Mutter ihrem Bruder Ernest dessen Erbanteil günstig ab. Ernest blieb sowieso lieber in seinen Alpen. Dieser Verkauf aber besiegelte formell die Teilung der Familie. Es gab dann jene, die sich mit Besitz und Wurzelpflege brüsteten, und die Kinder von Ernest, die keinerlei Ansprüche mehr hatten, gern aber zu Familienfeiern eingeladen wurden. Alle spielten weiter die harmonische Großfamilie. Bei großen Geburtstagsfeten gehörten der Spagat von Pauline, der Gesang von Philippe dazu, kleine Kunsteinlagen, die jedes Familienfest abrundeten. Das Haus blieb das Familienhaus, das Haus des Großvaters, Arzt, Zahnarzt und Bürgermeister. Allein die Steintreppen rechts und links der Eingangstür verschafften dem Gebäude einen zentralen Platz in der Fantasie von Pauline, Philippe und Céline. In der Pubertät summten sie gern das Chanson von Jacques Brel, so, dass die Großmutter es hören konnte, nur so en passant und vorsichtigerweise ohne Text. (*Les bourgeois c'est comme les cochons, plus ça devient vieux plus ça devient bête, les bourgeois c'est comme les cochons, plus ça devient vieux plus ça devient ...* »Die Spießbürger sind alles Schweine, je älter sie werden, desto blöder werden sie.«) Sie mochten dieses Herrenhaus nicht, und doch imponierte es ihnen. Im Vergleich zum Haus waren das kleine Chalet des Vaters und die Mietwohnung, in der sie lebten, doch recht mickrig.
Als sie klein waren, mussten sie einen Monat bei ihren Großeltern in dieser Villa verbringen. Das war während ihres

Umzugs in die Südalpen und danach, nach der Bestattung der Stofftiere in Mülleimern. Die Platanen, die die Mauer des Anwesens säumten, wurden zurückgestutzt, die Kinder ebenfalls, bei der strengen Großmutter lernte man sich zu benehmen. Sie war eine stattliche Frau mit schwabbeligen Backen und kleinen, bösen Augen. Ihre Aufmerksamkeit galt vor allem den Tischmanieren der Mädchen, sie bekamen einen Schlag mit dem silbernen Messergriff gegen die Ellbogen, wenn sie diese aufstützten. Der Schmerz stach und glühte bis in die Schulter. Céline half, den Tisch zu decken, und beim Öffnen der Schublade stieg ihr ein Modergeruch entgegen, der auch Jahre später noch im Haus zu finden war, wahrscheinlich noch heute. Hélène hat den Geruch nicht eliminieren können oder nicht wahrgenommen, weil sie damit groß geworden war, nicht nur einen, sondern jeden Sommer bei ihrer Großmutter verbracht hatte. Einige Jahre älter als Céline und ihre Schwestern, wuchs die Cousine ohne Geschwister auf und ignorierte ihre Cousinen oft. Oder sie borgte ihnen ihre alten Puppen, nur um sie dann zu beschimpfen, wenn sie sie im Regen vergessen hatten, nur um sie von der strengen Großmutter bestrafen zu lassen. Sie hatte mit vierzehn schon Sinn für Eigentum.

Zum achtzigsten Geburtstag von Onkel Simon waren die vier Cardins zum letzten Mal auf diesem Anwesen. Er hatte gerade eine Divertikeloperation hinter sich gebracht, die nicht ganz ohne Komplikationen abgelaufen war, weil ein Chirurg oder dessen Assistent eine Metallklammer in der Wunde vergessen hatte. Die Metallklammer erkämpfte sich nach und nach einen Weg an die Oberfläche. Simon war schlecht gelaunt an diesem Morgen und hatte nur die Absicht, diesen Tag wie alle anderen zu verbringen. Es wurden sowieso in der Familie keine Geburtstage gefeiert.

Seine Verwandten wollten ihn überraschen, Tante Tamara hatte ihnen dabei geholfen. Hinter dem Haus versammelten sich alle, nur um dann auf ein Kommando hin zu erscheinen und Onkel Simon zu gratulieren. Alle waren gut gelaunt und aufgeregt wie Kinder vor einer Schulaufführung.

Einige der erwachsenen Kinder kamen von weit her und freuten sich, dem entfernten Cousin oder der Schwippschwägerin mal wieder ein Gesicht zu geben, die sie seit Langem nur noch vom Namen her kannten. Auch die Verwandtschaft von Tante Tamara kam dazu, die flotte Kati, Bernard, seine Frau, ihre Kinder und Enkel.

Onkel Simon und Tante Tamara saßen zusammen mit Hélène und Émile auf der Terrasse vor der großen Villa. Der Onkel erwartete ein anspruchsloses Essen zu viert, falls Hélène bereit war, für alle zu kochen (sie koche gesund und schlecht, sagte der Onkel, undankbar und luzid). Auf einmal aber stürmten die Verwandten und deren Brut heran. Simon saß mit offenem Mund und blassem Gesicht da, erschrocken, gerührt oder nur verärgert, das konnte man schlecht deuten. Die Meute küsste und küsste ihn, wünschte alles Gute, warf Geschenke und Blumen auf den Tisch, die Kinder tobten, die Erwachsenen holten Tische und Stühle, man sang dem Geburtstagskind das traditionelle Lied *Bon anniversaire*. Onkel Simon wusste nicht mehr, wo ihm der Kopf stand, welchen Tag man hatte, dein Geburtstag, Onkel Simon, dein Geburtstag! Was ist denn los, was fällt euch ein? Wir möchten, lieber Simon, deinen Achtzigsten, das Auftauchen der Klammer und deine Wiederauferstehung feiern.

Céline wollte beim Tischdecken helfen und holte das Besteck aus den Schubladen. Unversehens wehte ihr der vertraute Geruch entgegen. Sie erkannte ihn sofort, nichts Angenehmes wie der Geschmack der kleinen Madeleine von Proust, nein, und auch keine zärtlichen Erinnerungen weckend, nur eine moderige Ausdünstung, die eine Spur zur Kindheit aufzeigte und Céline leicht anekelte, ihr etwas Intimes, Unaussprechliches zuflüsterte.
Sie sah sich als Mädchen, das ein Messer oder einen Teller an die Nase hielt. Der schale Atem dieses Hauses zog aus jeder Schublade auf, die muffige Essenz eines Familienanwesens, der Urgroßeltern und Großeltern, des Vaters, der Tanten und Onkel, einer Kette von Menschen, zu der auch sie selbst zählte. Der Geruch der Familie. Sie sah ihren Großvater, der ihren Bruder Philippe auf dem Arm trug, glücklich, dass das Baby den Namen Cardin weitertragen würde. Sie sah die Hängebackengroßmutter mit den Schießschartenaugen. Die Großmutter sprach nicht, sie befahl, verlangte, untersagte, mahnte, verbot, spottete, lästerte, entrüstete sich, unkte. Sie wob Intrigen, wog den einen gegen den anderen auf und war wegen einer Erbgeschichte mit der Hälfte ihrer Familie verkracht. Sie schickte ihr hinkendes Dienstmädchen wieder in die Küche, wenn sie das Gemüse auf der falschen Platte angerichtet hatte. Grüne Bohnen lege man auf eine längliche Platte, nicht auf eine runde, als sei es Blumenkohl (oder umgekehrt?). Sie scheute sich auch nicht, die junge Céline über die zweifelhafte Herkunft ihrer Mutter zu unterrichten. Céline erklärte, sie sei längst eingeweiht und wisse also Bescheid. Die Enthüllungsfreude der Großmutter zu verderben war für sie die größere Schadenfreude.

Anstatt das Besteck nach draußen zu bringen, ging Céline durchs Haus, sah sich die uralte blaue Keramik der Toilettenschlüssel an, die Messingarmaturen im Bad, öffnete eine Tür nach der anderen, erkannte das Bett der Großmutter, den Krug und die Wasserschale auf dem Frisiertisch (Hélène warf nichts weg, ließ reparieren, war sich des wertvollen Gewichts der Vergangenheit stets bewusst), dann folgte sie der Kindheitsspur zum Dachboden, wo sie früher gern aus der schmutzigen Dachluke den vorbeiziehenden Wolken hinterhergesehen hatte. Dort oben lag noch viel altes Zeug herum, darin zu wühlen wäre ein Vergnügen gewesen, und sie entdeckte, angelehnt an die Wand, das alte Porträt eines Großonkels, eines Bruders des Großvaters namens Alphonse Cardin, glaubte Céline, war sich nicht ganz sicher, ein Gesicht jedenfalls, in dem sie die Züge ihres Vaters zu erkennen meinte, das schmale, lange, strenge Gesicht, die freudlosen, grauen Augen, eine Melancholie, die sich bis in die dritte Generation getragen hatte, in Hélène, Aline, Pauline und auch in sie. Sie trug das Bild auf die Terrasse und fragte ihre Cousine, ob der Porträtierte wirklich der Uronkel sei. Hélène rümpfte die Nase, schockiert über solche Ungeniertheit. Ja, Céline, es handelt sich wohl um Alphonse Cardin, den Bruder unseres Großvaters, kein besonders gelungenes Porträt, ein Schinken von irgendeinem hiesigen Kunstmaler, es war damals bei der Bourgeoisie üblich, sich porträtieren zu lassen.

Du solltest dieses Bild Philippe schenken, schlug Céline vor, dem Einzigen von uns, der noch Cardin heißt. Das Ding liegt sowieso nur auf dem Dachboden herum.

Nur vorläufig, sagte Hélène, ich will es restaurieren lassen, es gehört zum Haus. Sie lächelte, nahm Céline den Schinken aus den Händen und trug ihn wieder ins Haus zurück.

In diesem Moment kam William, dieser wunderschöne, große junge Mann zu Céline, beugte sich zu ihr, legte seine Arme um sie, singsang meine Line-Line-Line, und legte sein Ohr an ihre Wange wie ein Kind, das in der Muschel das Meer rauschen hört.

Der Himmel zog sich zu, ein Gewitter drohte, aber noch blieb man draußen auf der Terrasse. Der Onkel trank einen Whisky und kam nach und nach wieder zu sich, freute sich doch über die erwiesene Ehre, Pauline vollendete ihren fast perfekten Spagat, Philippe spielte Gitarre und sang »Die Frösche«, ein Chanson, das er bei jeder Familienfeier sang, William krächzte den Ruf der Kröte, Aline schwärmte von einem Strand auf Bali, und Émile schaute ihr einfach ins Dekolleté. Hélène gab Céline Unterricht in Rosen-Dynastien, zeigte ihr einen Nachkommen der Rosa gallica, die als erste kultivierte Rose der westlichen Welt gelte und als eine der Ahnen der Rosa centifolia, dann ging sie zu einer Rosa alba, einem Symbol der Unschuld und der Reinheit, und erklärte der nickenden Céline den Unterschied zwischen den alten Kulturrosen, die sie im Garten pflegte, und den neuen, sozusagen plebejischen Kreuzungen, deren trügerische und duftlose Schönheit in diesem Garten keinen Platz fand.

Céline sprach auch mit Kati, mit Bernard und seiner Frau, erkundigte sich nach der letzten Hüftoperation, nach den Fortschritten auf dem Golfplatz, nach dem Jurastudium der Söhne, ließ sich Fotos der letzten Ferien zeigen; sie wunderte sich nicht mehr, dass ihr keine Fragen über das Leben in Deutschland, über ihren abwesenden Mann (der Familienfeiern hasste) oder über ihre Arbeit gestellt wurden. Schon lange war sie eine unbeteiligte Beobachterin geworden, ein großes offenes Ohr. Sie langweilte sich nicht in dieser sich selbst negierenden Rolle. Aber die Worte, die ihr entgegenplätscherten, versanken schnell in ihr, vielleicht, weil sie keine Entsprechungen ins Deutsche fanden.

Die ersten Regentropfen fielen. Céline beobachtete ein zierliches Mädchen in einem weißen Kleid (eine Enkelin von Hélène), das mit einer Hand einen Puppenwagen vor sich herschob und in der anderen einen vom aufkommenden Wind umgeschlagenen Kinderschirm über dem Kopf hielt, einen zerrissenen rosa Kelch, der das fragile und gestrige Wesen dieser Bourgeoisie einschloss und verlor.

Das Krematorium ist ein altes, Ehrfurcht gebietendes Gebäude, dunkle Säulen, protzige Engel. Die Empfangshalle ist rund und weiß gekalkt. Im Zentrum ein Rechteck, von Pflanzen umrankt, Céline fasst die Blätter an, einige sind echt, einige falsch, was sie an die Fotokopie erinnert. Erst später werden sie verstehen, dass sich in der Mitte des grünen Rechtecks die Plattform des Aufzugs befindet, auf der die Särge zur Einäscherung hinuntergefahren werden.

Céline sieht, dass der junge Diakon, der auf einem kleinen Podium steht, schnell ein Kaugummi aus seinem Mund herausnimmt und unter das Pult klebt. Er steigt von der kleinen Bühne und schüttelt allen die Hände. Er riecht nach Alkohol.

Auf einer Staffelei steht ein eingerahmtes Foto. Nicht der Schnappschuss vom Eingang, sondern eine große Schwarz-Weiß-Aufnahme, die mindestens vierzig Jahre alt ist. Onkel Simon und Tante Tamara sitzen auf Pferden in der Camargue, posieren für den Fotografen. Sie trägt ihr langes, schwarzes Haar um die Schulter, schaut stolz und entschieden, schön, frei. Simons offenes Hemd enthüllt seine unbehaarte Brust, er lächelt wie jemand, der im vollen Bewusstsein seiner Vorteile lebt. Sie verbrachten oft ein Wochenende in Les Saintes-Maries-de-la-Mer, einmal nahmen sie auch Céline mit. Sie erinnert sich an die rosafarbenen Flamingos mit ihren dunklen Schatten, an die schwarzen Stiere und an das Reiten am Strand, aber nicht daran, ob sie dabei glücklich war. Sie war im kritischen Alter. Möglicherweise schraffierte die Pflichtdankbarkeit das sonnige Gefühl der Freude, ein bisschen so, wie in der Schule die Pflichtlektüre ihren Spaß am Lesen trübte.

Rundherum Holzbänke. Sie nehmen alle Platz. Der Diakon ist wieder auf die Bühne zum Stehpult gestiegen. Er wischt sich Stirn und Glatze mit einem Taschentuch. Pauline merkt, dass Antonina stehen bleibt, zögert, ob sie sich vorn zur Familie setzen darf oder eher ganz hinten. Sie übersieht ihr Winken und nimmt hinten Platz.

Man blickt die zwei zwillingshaften Särge mit den zwei identischen Blumengestecken an. Rosen und weiße Freesien. Céline kämpft mit den Tränen. Sie sitzt zwischen Philippe und Pauline, die ihr zuflüstert, wie oft sie sich dabei ertappt habe, sich den Tod der beiden zu wünschen, und wie schuldig sie sich jetzt fühle.

Hör auf, sagt Céline, wenn sie überhaupt so lange zu Hause leben konnten, dann doch nur wegen dir. Und wir haben alle gehofft, dass sie sterben.

Die einen haben den Todeswunsch auf leisen Sohlen und pusteblumenleicht gehaucht, die anderen lautstark und heuchlerisch: Es solle endlich ein Ende vom Leid der Alten geben, man solle ihnen den Tod gönnen (Antonina dürfte aber behaupten, der Onkel habe nicht sterben wollen, habe noch Appetit auf ein gebratenes Hähnchen mit Kartoffelauflauf oder auf ein *bœuf bourguignon* gehabt, wenn Antonina es zubereitet habe, und Tamara hatte sowieso noch niemals den Wunsch geäußert, bald sterben zu dürfen). Pauline wünschte ihnen ab und zu den Tod, weil sie gern länger in den Urlaub gefahren wäre, Bewegungsfreiheit brauchte oder auch einfach das Nichtstun genießen wollte und weil das Klagen über eine Last sinnlos ist, wenn es nicht von dem Wunsch nach Befreiung von dieser Last begleitet ist. Sie er-

trug es nun mal schwer, ständig angerufen zu werden, vom Onkel selbst oder vom Pflegedienst oder von einem Nachbar, der den Onkel völlig orientierungslos im Treppenhaus oder im Schlafanzug auf der Straße gefunden hatte. Die Furcht vor diesen Anrufen wuchs bei ihr von Tag zu Tag. Céline sagte ihr oft: Du hast ein Recht auf einen gesunden Egoismus – eine Aussage, die Céline für den eigenen Bedarf formulierte, die sie aber auch nicht überzeugte, jeder Egoismus ist doch meistens ein Ja zum Unglück der anderen. Céline wurde von Onkel und Tante kaum belastet, da sie in Deutschland wohnte, oder wenn, dann nur stellvertretend über Pauline, die dem Bedürfnis oft nachgab, ihrer Schwester ihre Sorgen mitzuteilen: Sie nannte sie »die Ventil-Céline«.
Die Anrufe erreichten Céline meistens bei der Arbeit, wenn sie nach langem Zögern, tapsigem Übersetzen und Schnelllöschen endlich voll in die deutschen Sätze eingestiegen war und Wort für Wort schneckenlangsam eine französische Gleichung erreichte und sogar spürte, dass sich gute Übersetzungsideen in ihre Tastatur hineinschlichen, die sie jetzt nur heiter zu tippen bräuchte, aber das Klingeln des Telefons verscheuchte sofort die Einfälle, die dann in Paulines haarkleinen Erzählungen ertranken. Céline hörte zu und ermutigte ihre Schwester mit klärenden Fragen zu weiteren Erläuterungen. Sie ließ sich gern vom drolligen Humor Paulines anstecken, lachte laut in den Apparat. Sie war von Paulines Kosmos fasziniert, die erzählte, wie der Onkel die Stimme auf dem Anrufbeantworter seines Arztes beschimpfte, die blöde Kuh, die immer dasselbe herunterleiere, obwohl er dauernd versucht habe, sie zu unterbrechen, oder wie der Onkel seine Matratze zuletzt mit den Fingernägeln zerfetz-

te, weil er diese neue Matratze hasste und seine Wut ihm zu ungeahnten Kräften verhalf, ja, unglaublich, Céline, aber wahr, lachte sie, er hat seinen Kampf gegen die Matratze gewonnen. Céline war fasziniert von Paulines Collage aus Großzügigkeit, Lustigkeit, Selbstgeltungswunsch und Liebessucht. Ach, Céline, würgte Pauline bei solchen Gesprächen den Protest ab, den ihre Schwester gar nicht äußern wollte, mich holen die Anrufe der Putzfrau oder der Pflegehilfe ganz früh aus dem Bett, gerade als Max und ich uns gemütlich hinstrecken und uns auf einen freien Tag freuen. Nach den Hilferufen des Onkels verzichtete Pauline bald auf eigene Pläne, besuchte dann die Alten, brachte selbst gebackene Crêpes mit, den Kasten Limonade und das Mineralwasser, das eben fehlte, ging für sie zur Bank, zur Apotheke, ganz zu schweigen von den vielen Verwaltungsdiensten, die immer wieder anfielen, ihr Mann sichtete die Papiere der Krankenkasse, füllte die Steuererklärungen aus, die die beiden schon lange nicht mehr in der Lage waren zu erledigen. Céline ist es klar, ihre Schwester Pauline und sie ähneln sich in einem sehr stark: Sie gehören zu den ewig Pubertären, die nach einem Sinn suchen und die verzweifeln, wenn man ihnen diesen Sinn raubt oder ihn für Unsinn erklärt.

Wenn Pauline die beiden besuchte, kleidete sie sich in gute Laune, manchmal, wenn ihr alles zu schwer wurde oder sie die Last teilen wollte oder verlangte, dass auch andere ein Stückchen dieser Last abbekämen (warum immer nur sie?), bat sie Aline oder Philippe, sie zu begleiten oder zu vertreten, Philippe, der dann ein paar unkomplizierte und leicht schlüpfrige Witze für die Tante vorbereitete. In der Tat konnte Tante Tamara drei Tage vor ihrem Unfall noch laut auflachen (ein dünnes, haarfeines Meckern, fast ein Niesen, das ihre Gesichtszüge erheiterte), als Philippe mit seinen Witzen kam. Philippe sah zufrieden zu, wie ihre noch vollen Lippen sich in die Wangen eingruben und wie der Onkel zuckte und röchelte. Und ich wusste, sagte Pauline, dass ich sie lebendig haben wollte, auch wenn sie mein eigenes Leben störten und auch zerstörten. Céline traute sich in solchen Momenten nicht, ihr zu sagen, dass sie ihr Leben nicht zerstörten, sondern ausfüllten. Sofort hätte ihre Schwester erwidert: Du bist einfach zu weit weg. Du kannst dir nicht vorstellen, wie das ist. Möglich, dass Céline sich nicht ganz in sie hineinversetzen konnte, auch wenn sie das gewollt hätte. Ich gebe mein Bestes, sagte sie bescheiden und sann über diese zweideutige Aussage nach. Manchmal, fuhr Pauline fort, nehme sie sich vor, die Alten nicht zu besuchen, schließlich zwinge sie keiner dazu, schließlich gebe es einen Pflegedienst, der dafür teures Geld kassiere, schließlich sei sie, Paulinchen (wie alle sie seit Kindesalter nannten), ein großes Mädchen, das auch Nein sagen könne, eine Woche oder zwei sollten die Alten ohne sie überleben können, oder? Nun klingele das Telefon immer öfter, sie habe irgendwann sogar Sehnsucht nach dem Augenblick bekommen, in dem sie die Hand von Tamara drücke und ihren halb erkenntlichen, halb ironischen Blick wahrnehme; und auch eine Sehnsucht nach der Erleichterung, die man nach erfüllter Pflicht spüre. Sie male sich aus, wie die erblindete Tante in eine zähe Zeit starre, male sich aus, wie der Onkel den Kopf nach links und rechts drehe. Vor eine Liveübertragung eines Tennisturniers im Roland-Garros-Stadion hat man ihn ungefragt gesetzt, ein Wettbewerb, der ihn längst nicht mehr interessiert, und er sucht vergeblich die richtige Taste, um das Programm zu wechseln, die Tennisbälle gehen ihm längst am Arsch vorbei, sagt er, alles zu schnell, wie die Typen hin- und herdreschen, da kommt er nicht mehr mit, sieht schlecht, sieht doppelt, sieht verkehrt, wo landet der Ball, auf der Linie oder doch im Aus? Er kämpft mit der Fernbedienung, erwischt den Ton, zu laut, nicht laut genug, tippt links, rechts, unten, oben, ergibt sich, drückt auf den roten Knopf. Und mit wem können sich die Alten unterhalten, wenn Pauline wegbleibt? Bis auf Antonina kocht das Pflegepersonal lieblos, füttert sie lieblos, salzige Fertiggerichte aus dem Supermarkt, spricht mit den Alten nur das Notwendigste, erledigt den Job humorlos und pflichtbewusst (wenn überhaupt) und schaut stets auf die Uhr. Nur Antonina zeigt Mitgefühl, streichelt Tamara die Hände, umarmt den Onkel, macht einen Scherz, leider wird sie oft abgelöst oder wegen Rückenbeschwerden krankgeschrieben. Und schließlich bastelt Pauline sich selbst einen Vorwand zurecht, um das Versprechen zu vergessen, das sie sich selbst oder eher einer anderen Pauline, einer frecheren, kurzzeitig erfundenen Pauline gegeben hatte, sie müsse sowieso im Stadtviertel des Onkels Tintenpatronen für ihren Drucker besorgen oder das Badesalz vom Doktor Valnet finde sie ja nur in der Apotheke neben dem Wohnhaus der beiden, also wenn sie schon in die Apotheke müsse, könne sie auch nach ihren Pillendosen sehen, ob da nichts fehlte ... Und wer würde es sonst tun? Céline, du bist weg, weit weg, Aline öfter bei ihren Kindern, Bernard woanders beschäftigt, Hélène und Émile haben es sich angewöhnt, ihre Überlastung mit dem behinderten Sohn vorzuschieben, obwohl, na gut.

Manchmal kam Hélène trotzdem kurz vorbei, um nach dem Rechten zu sehen und damit man sie nicht nur als Aasgeier ansah. Sie werfe dann, verriet Antonina gern, einen Blick auf das Testament, das schon lange in Simons und Tamaras Nachtschränkchen lag, was jeder wusste, sie fotografiere die Gemälde, die an der Wand hingen, man wisse ja nicht, ob irgendeiner auf die Idee kommen würde, sie zu stibitzen, und zähle die Silberlöffel im Wohnzimmerschrank. Ich will damit nicht behaupten, sagte Pauline, sie sei nur gierig aufs Erbe, aber, na ja, du weißt Bescheid. Sie seufzte. Man wusste auch, welche Art der Verbundenheit zwischen Hélène und Onkel und Tante bestand. Sie gehörten zur selben sozialen Schicht, gehörten dem gleichen Milieu an. In der Hackordnung dieser Familie waren Hélène und ihr Mann nach Onkel und Tante die Vermögendsten und die Ältesten. Sie besaßen das Familienhaus, leiteten Manufakturen, waren reich, bürgerlich, zufrieden und ebenbürtig. Vielleicht, sagte Céline, empfinden sie auch Mitleid mit den Gebrechen der beiden, vielleicht können sie gut die Fallhöhe erkennen, die das Alter mit sich bringt und die auch ihnen nicht erspart bleiben wird. Sie sind nun selbst die Nächsten auf der Liste, die nächsten Todeskandidaten, und dann wird ihr eigener, behinderter Sohn in einem Heim sein Leben fristen müssen.
Nimmst du sie in Schutz?, empörte sich Pauline. Wer reich ist, will immer reicher werden. Wetten, dass sie ein Konto in der Schweiz haben?
Hm, machte Céline und ersparte ihrer Schwester folgende Belehrung: Der Besuch von Verwandten und Erblassern gehört zu den Momenten im Leben, in denen kein Gefühl rein ist, aber nicht alle Gefühle verwerflich sind.

Der Diakon steht am Mikrofon und begrüßt alle Trauergäste einzeln, so viele sind es ja nicht. Als er die Vornamen der Cardin-Schwestern herunterrasselt, stockt er kurz und schaut fragend zu Philippe, als könnte der ihm erklären, warum sich die Schwestern alle gleich anhören. Der Diakon erwähnt jetzt Kati und Bernard, auch Antonina, nur Hélène und Émile vergisst er, die beiden werden dieses Versäumnis später zu einem Vorwurf an Pauline machen, man habe sie und ihren Schmerz totgeschwiegen. Hélène wird nur dieses sehen: Noch einmal wurde sie übersehen, noch einmal, noch einmal wurde sie ... Wir müssen uns dringend mit ihr beschäftigen. Die Cousine

# Hélène

spricht gern über Rosen und Aquarelle, sie nimmt seit Jahren Kunstunterricht, und sie doziert ausufernd über die Qualität ihrer altmodischen Garderobe. Sie mag es, einen Zipfel ihrer Bluse zwischen den Fingern zu zwirbeln und die Festigkeit der Faser zu loben, ein Stoff, der trotz wiederholter Wäsche niemals eingehe oder verblasse. Sie missbilligt das Einkaufsverhalten der Masse, Leute, die Plunder kaufen und später den Schrott wegschmeißen. Sie beklagt, wie Sokrates im 5. Jahrhundert vor Christus, den Verfall der Werte, des Patriotismus, der Religion, der Arbeitsmoral, der Schule und der Erziehung, der Theateraufführungen, der Künste, insbesondere der Literatur und der reimlosen Poesie (wir hätten gern das Porträt von Hélène in Alexandrinern verfasst, sind aber gescheitert). Auch in Europa seien die Barbaren auf dem Vormarsch, wer U-Bahn fahre, wisse, von wem sie spreche, sie halte ihre Handtasche fest und würde jedes Mal am liebsten auch noch einen Blick unter den Sitz werfen. Dann noch der katastrophale Zustand der Krankenhäuser, die Kurzlebigkeit der Elektrowaren, das Verschwinden guter Wäschegeschäfte, die Dominanz synthetischer Stoffe gegenüber ehrlicher Baumwolle, die Aggressivität der Gewerkschaften, das Schlampen der Köche in Restaurants, die Ungezogenheit der Friseure, wenn man all das betrachte, verstehe man, dass sie sich gern in ihr Landhaus zurückziehe. Sie gerate außer sich beim Anblick eines Strings, der aus einer zu tief geschnittenen Jeans herausgucke, überhaupt scheine sich unsere Epoche dem schlechten Geschmack, der Anstößigkeit und der Faulheit anheimzugeben. Viele Leute seien arm, weil sie keine Gemüsesuppe kochen können und dafür ihr Geld bei McDonald's verschwenden, sich teure Mobiltelefone kaufen, anstatt sauber handgeschriebene Briefe zu schicken. Die Rechtschreibung sei nur noch Falschschreibung, sogar rechnen können die Kinder ohne Maschine nicht mehr. In Deutschland, habe sie gehört, sei die Dekadenz wegen Beate Uhse noch viel weiter fortgeschritten. Dabei gab es bei euch, Céline, diese wunderschönen Kleider, die ihr »Dirnen« nennt, nicht wahr? Dirndl, schmunzelt Céline. Tirnteul also, fährt Hélène fort. Nein, mit zwei D, startet Céline einen neuen Versuch. Ach ja, Dirndeul, sagt Hélène, das liegt an deiner Aussprache; weißt du, meine arme Céline, dass du inzwischen Französisch mit einem deutschen Akzent sprichst?

Nicht alle Entsetzensbekundungen ihrer Cousine sind verkehrt und absurd, denkt Céline manchmal, aber sie würde es niemals zugeben. Sollte in Hélènes Redefluss eine klitzekleine vernünftige Meinung vorkommen, eine, die Céline auch vertreten könnte, wird sie ihre Worte trotzdem ins Lächerliche ziehen und sich selbst dieser klitzekleinen vernünftigen Meinung unmittelbar entledigen. Sie wird Platon, Cicero und die babylonischen Weisen heranziehen, um gegen ihre Cousine, gegen sich selbst Stimmung zu machen, so explosiv ist die Chemie zwischen den beiden Frauen. Céline muss auch zugeben, dass sie sich bei Hélènes detailreichen Ausführungen einen Luxus leistet, der in ihrem Beruf verboten wäre: Sie hört nie bis zum Ende zu, bekommt manchmal nur einige Stichworte mit, einen Lückentext, den sie mit Vergnügen fehlerhaft ausfüllt.

Je älter Hélène wird, desto öfter lamentiert sie über den

Schlamassel ihrer Geburt. Sie kommt nicht darüber hinweg. Ihre Mutter war von ihrem flatterhaften Ehemann verlassen worden, einem Zahnarzt wie der Großvater, wie Simon und Ernest. So musste sie mit dem Baby Hélène vorerst wieder bei ihren Eltern einziehen. Die Mutter verdiente ihr Geld als Vertreterin für Dentalprodukte, dies zu einer Zeit, als Frauen aus dem Bürgertum selten arbeiteten (ja, in dieser Familiengeschichte schwingen wir oft die Zange des Zahnarztes oder den Koffer des Vertreters für Dentalprodukte, und das Schicksal wird auch oft die Strampelhose eines unerwünschten Kindes tragen; die Zange erklärt sich so, dass jede Familie ihre Vetternwirtschaft betreibt, die Strampelhose hingegen ist auf eine Epoche ohne Pille und legalen Schwangerschaftsabbruch zurückzuführen). Als die Mutter die Untreue ihres Mannes bemerkte, wollte sie das Kind des Verräters nicht austragen. Sie sei mehrere Treppenstufen auf einmal gesprungen, habe Büsche von Petersilie aus dem Garten gerissen, habe ihrem Vater Medikamente geklaut, zuletzt habe sie kniend auch Gott um eine Fehlgeburt gebeten, ein fatales, sündhaftes Gebet, das bestraft wurde: Das Kind entwickelte sich, kam und schrie.
Céline fragt ihre Cousine, woher sie das alles wisse, und Hélène lässt ein kleines, gehässiges Meckern hören: Von meiner Mutter selbst, sagt sie, sie hat mir das ausführlich erzählt.
Sie hätte lieber ihren Mund gehalten, sagt Céline, wie kann man seinem Kind erzählen, dass man es abtreiben wollte?
Sie wollte mich aufbauen, sagt Hélène, mir zeigen, wie widerstandsfähig ich sein kann.
Céline verkneift sich das Lachen. Sie spürt schon lange, dass ihre Cousine eigenartigen Schwingungen unterworfen ist,

dass sie zwischen Todes- und Lebenssehnsüchten oszilliert, zwischen den obskuren Drohungen innerer Kreaturen und der Anziehungskraft der tröstenden, soliden Familienbande. Sie ermisst Hélènes Zweifel, wenn sie William ansieht, als wären die Abtreibungsversuche ihrer Mutter für Williams schwierige Geburt verantwortlich. In diesen milden Momenten lässt sich Céline gern die Aquarelle der Cousine zeigen, die in der Tat ein hübsches koloristisches Gespür aufweisen. Sie hört ihr auch zu, wenn sie den Stammbaum der Rosa centifolia aufzählt, und denkt an den Satz des Schriftstellers Christian Bobin, das Parfum der Blumen seien Worte aus einer anderen Welt.

Die Familie sitzt in der Abschiedshalle des Krematoriums. Noch streitet keiner, noch liegen Tante Tamara und Onkel Simon in ihren Särgen, beide unter den gleichen Gestecken aus Herbstblumen. Man betet ein Vaterunser. Céline stellt fest, dass sie den Text des Gebets nicht mehr kennt. Weder auf Französisch noch auf Deutsch. Sie hat längst ihre religiöse Erziehung über den Haufen geworfen. Dennoch beneidet sie manchmal die Menschen, die ein Gebet vereinigt und die sich am Ende eines Gottesdienstes die Hand reichen. Ihre rechte Hand taucht in die Manteltasche und bewegt die drei Kastanien, ein dreikugeliger Rosenkranz.

Jetzt lädt der Diakon sie ein, ein paar Worte zu sagen. Am Stehpult aber fängt die Intellektuelle sofort wieder an zu weinen, verabscheut ihre schluchzende Stimme, putzt sich die Nase, atmet tief ein. Sie knetet das zerknüllte Papiertaschentuch in ihrer Hand, denkt plötzlich an das Kaugummi unter der Platte des Stehpults, das hilft, sie hört auf zu weinen. Sie versucht vergeblich, den Text aufzurufen, den sie frei hersagen wollte. Also erzählt sie gebrochen, dass sie sich an den Onkel als Bergsteiger erinnern wolle, ihre gemeinsamen Wanderungen in den Bergen niemals vergessen werde, erwähnt ihre politischen Diskussionen während dieser gemeinsamen Wege, als die Höhe sie mürbe machte und der kalte Wind ihre Ansichten in extreme Ost- und Westrichtungen schickte, dann geht sie zur Tante über, die auf einmal so lebendig wird, dass Céline sich einbildet, die Mentholzigaretten zu riechen, die sie ihr anbot, dass sie plötzlich die Wärme eines Feuerzeugs um ihre Lippen spürt, dass sie die Hand von Tante Tamara vor sich sieht (wohin ist übrigens der Rubinring verschwunden?), ihr Kinn und ihren

Mund erblickt, und schon wieder muss sie weinen, als sie sich endlich zur Fürsprecherin ihrer Schwestern macht. Tante Tamara, Aline dankt dir, dass du sie zu ihrem verstorbenen Mann begleitet hast, der beim Skifahren in den Alpen mit einer Lungenembolie zusammenbrach, ja, du hast sie gefahren, du hast sie begleitet, du warst für sie da; ich soll dir auch von Pauline danken, damals so jung, schwanger und verlassen, du hast sie bei dir aufgenommen, du, Tante Tamara, du, die kein Kind gehabt hat, du warst bei der Geburt dabei, du hast ein Kind zur Welt gebracht, das Kind meiner Schwester.

Line weint, sagt William mitten in den letzten Satz hinein.

Céline steigt von dem kleinen Podium herab, der Diakon reicht ihr zur Hilfe seine feuchte Hand, sie wischt ihre an ihrer Hose ab, überlässt dem Mann das Mikro, der ein paar Worte sagt und ein Lieblingslied des Onkels ankündigt: *Strangers in the Night*. Sie setzt sich wieder neben Pauline, die ihr Bein berührt, schließt die Augen und hört zu. Sie spürt eine vertraute Fremdheit. Sie glaubt, den Atem von Hélène, von der flotten Kati, William, Bernard, Antonina an ihrem Nacken zu fühlen, spürt, dass es das gemeinsame Anliegen aller Anwesenden ist, sich näherzukommen, aber dass sie auseinanderdriften. Tamara und Simon hielten die Familie zusammen. Ihr Erbe bringt sie auseinander.

Hätte Céline nicht, anstatt dieses sentimentale Zeug am Rednerpult zu brabbeln, ihnen ein paar ihrer Frevel auf den Sarg werfen, sich wütend und kleinlich zeigen sollen (aber wer will schon kleinlich aussehen?), sie daran erinnern, dass ihre sterbende Mutter nicht von ihnen im Krankenhaus besucht wurde, dass sie ihren Vater einfach vergaßen, ihn nie zum Essen oder zum Billardspielen eingeladen haben, weil er sie langweilte, und dass sie mit dem Grundstein ihrer egoistischen Philosophie »Nach mir die Sintflut« die Geschwister um ihr Erbe gebracht haben? Denn anstatt ihre Testamente dem Notar anzuvertrauen, haben diese Kretins sie tatsächlich in den Nachttischschubladen liegen lassen, wo sie gestohlen oder fotokopiert wurden oder eben einfach verloren gegangen sind.

Sie, Céline, sollte doch den Mut zu solchen Vorwürfen aufbringen, zum Beispiel dass sie Pauline nie ein Geburtstagsgeschenk gemacht haben, Pauline, die ausgewählt werden wollte, Pauline, die immer behauptet hat, Simon sei ihr Vater, ihr wahrer Vater. Und wenn sie, immer halb scherzend, dies behauptete, lächelte Simon rätselhaft, ja, rätselhaft, und hatte die Stirn, ebenfalls vergnügt zu sagen: Erst nach meinem Tod wirst du die Wahrheit erfahren. Sodass alle darüber lachten, auch und vor allem Tante Tamara, ja, es wurde zu einem Familienspaß. Pauline als geheime Tochter von Simon. Und natürlich glaubte nur sie daran.

Aber kleinliche Vorwürfe bei einer Beerdigung, nein, das geht nicht, sie hätte ihnen Briefe schreiben können, sie ist ein schriftliches Großmaul, aber mündlich, direkt, das kann Céline nicht. Und diese Zeremonie soll Frieden bringen, die Ruhe vor dem Sturm. Hässlichkeit und Gemeinheit kommen früh genug. Außerdem: Für ihre Sorglosigkeit sind die beiden mit dem Leiden eines zu langen Lebens bestraft worden, vier, fünf Jahre zu viel, die fünf Zeittropfen, die das Fass zum Überlaufen, das Fleisch zum Verfaulen, den Geist zum Vernebeln brachten, ihre zu dünne Haut mit verschorften Wunden und Ekzemen übersät, sodass Simon sich nur noch blutig kratzte und trotz der Beruhigungsmittel nicht mehr schlafen konnte und Tamara immer wieder neue Verbände bekam, die sie stoisch ertrug, vielleicht weil der junge Pfleger mit ihr schäkerte und sie »mein Herz« nannte: In der fast blinden Frau mit den schweren Beinen wurde, wenn dieser Pfleger kam und flachste, der Geist einer zwanzigjährigen Tamara mit langen, rot gemalten Fingernägeln und frechem Mundwerk geweckt.

Bestraft? Unsinn. Aus lauter Müdigkeit passt sich Céline dem Muster eines primitiven Gerechtigkeitsdenkens an, als glaubte sie an irgendeine höhere Justizinstanz.

Sie waren sehr alt und starben nach zehn Tagen Agonie im Abstand nur weniger Stunden in einem Krankenhauszimmer. Und Céline kann sich gut vorstellen, wie erleichtert ihre Geschwister waren: Der Exitus öffnete ihnen das Tor zur eigenen Freiheit, sodass sie sich nicht mehr damit abplagen müssten, täglich eine Lücke auf diesem verdammt überfüllten Parkplatz des Krankenhauses zu suchen, sich nicht mehr in den Aufzug zwischen ein Krankenhausbett und fünf Besucher quetschen müssten, um die Etage sieben zu erreichen, nicht mehr das Herzzwicken spüren würden, wenn sie die Tür des Sterbezimmers nach einem symbolischen Anklopfen öffneten, nicht mehr diese von Blutergüssen übersäte Hand halten, nicht mehr deprimiert und unsicher nachts bei blendenden Gegenfahrzeugen nach Hause fahren müssten, befreit von der Angst, nachts vom Krankenhaus aufgeweckt zu werden. Ob die beiden in ihrem komatösen Zustand die Ungeduld der Lebenden, ihre Gier nach frischer Luft, nach freiem Ein- und Ausatmen gespürt haben?

Célines Handy vibriert. Vielleicht ihr geschiedener Ehemann, der ihr kondolieren will? Sie hat ihm den Tod von Simon und Tamara mitgeteilt, die er ja gut kannte und die ihn mochten. Als sie sich für diesen Deutschen entschied und sich freute, ihrer französischen Familie zu entkommen, missbilligten ihre Eltern ihre Entscheidung. Der Vater erinnerte sie an seine eigenen angeblichen Heldentaten im Krieg. Nach und nach aber hatten alle diesen jungen Deutschen, der gerne lachte, französisch kochte und sprach, ins Herz geschlossen. Man pries seine Sprachbegabung, seine Kochkunst, seine Höflichkeit, der Charmeur pflegte der Großmutter in den Mantel zu helfen, er unterließ es nicht, bei seiner Hochzeit ein paar Tanzschritte mit den Tanten vorzuführen. Er war ein lebensfroher Mann, der sein schwieriges Vaterland nicht mochte und sich in eine Französin verliebt hatte. Die Französin war vor allem verklemmt.
William tuschelt: Tototatata tot, mausetot, zwei Schargen.
Särge, flüstert sein Vater, Émile, der Céline mit seiner Geduld und seinem Kummer um das alte Kind beeindruckt und ihr sympathischer wird. Er bringt den Sohn überallhin mit, und verdammt, Céline kann verstehen, dass er nach Tröstung grapscht, nach einem Geheimgarten ohne Hélène und ohne William.
Was versteht William eigentlich? Die großen Linien, line, line des Lebens, ja, und er versteht durchaus den Tod als endgültige Abwesenheit, Tod heißt Nichtmehr. Ende des Redens, des Lachens, des Essens, des Laufens, des Hoppehoppereiters. Die Köpfe, die Hände, die Beine werden sich nie mehr bewegen, sie verschwinden in Kisten, für immer, und danach? Danach interessiert ihn nicht. Er fragt nicht.

Hoffentlich bleibt ihm die eigene Todesangst, diese Ratlosigkeit erspart. Und die verfilzten Fragen nach dem Danach und dem Davor. Aber was weiß man schon von William, der jetzt gerade müde in einen friedlichen Singsang verfällt, ein wohlgefälliges linelineline?

Jetzt aber räuspert sich Bernard am Rednerpult, er spricht ruhig, dezent, eine Wirtschaftsanwaltstimme, leider habe er die beiden nicht so oft besuchen können, man tue nicht immer, was man wolle, vielleicht auch nicht, was man könne, aber niemals wird er sie vergessen, den geliebten Onkel, die geliebte Tante.
Nicht, solang der Rubel rollt, tuschelt Philippe.
Céline ist leicht übel, der Hunger, die Spannung, das Aufgewühltsein. Philippe beugt sich zu ihr herüber, flüstert ihr weiter ins Ohr: Das Arschloch hat sich nicht mal von seiner Tante verabschiedet, dabei hat er einen nagelneuen Audi, hätte in drei Stunden bei ihr sein können.
Schweige, sagt Céline leise, schweige doch.
Im Ton von Schlafe, Kind, schlafe noch. Sie dreht dafür nur leicht ihren Kopf, und ihr Bruder und sie bleiben für einen Augenblick Wange an Wange, bodenlose Zärtlichkeit, bedingungslose Liebe, wie früher, als sie seine Hausaufgaben machte. Dann schaut Céline wieder zum Pult, zum labernden Bernard, versucht zuzuhören. Sie versucht, seine Sätze für sich auf Deutsch wiederzugeben, wie hohl, wie leer. Erst wenn sie versucht, einen Satz in ihre Fremdsprache zu übersetzen, werden ihr die Qualitäten oder die Mängel oder sogar das Wesen des Gesagten bewusst. Ihre zwei Sprachen erscheinen ihr wie die Schenkel einer Pinzette, und wenn einer

fehlt, flutscht ihr die Realität ins Wasser und zergeht wie ein Zuckerstück. Jetzt vernimmt sie eine Änderung im Ton von Bernard, er erinnert an die lange Ehe der beiden. Sie hört eine latente Bewunderung in seinen Worten. Wie alt war er, als seine eigenen Eltern geschieden wurden? Sie weiß es nicht. Man weiß nicht viel voneinander. Sie hört William, der Pipi muss. Émile steht auf und geht mit seinem Sohn zur Toilette, schleicht sich am Pult vorbei, hebt die Augenbrauen und zwei Finger, entschuldigt sich so bei Diakon und Bernard. Dann hört man ein Schniefen und Céline dreht sich um, ob Kati vielleicht doch ihre Schwester beweint? Nein, Antonina putzt sich nur die Nase. Gefühlsduselei war nie die Sache der flotten Kati.

Man kann dieser Frau keine Heuchelei vorwerfen. Sie stand immer zu ihrer Nüchternheit und ihrer Leichtfertigkeit. Missbilligt die theatralische Art der Cardins. Komplexe Empfindungen – Haarspalterei, nein danke, sie will es schlichter haben. Im Grunde beneidet Céline Leute, die zu ihrem Charakter stehen, ohne sich zu fragen, was sie für einen haben, ob sie überhaupt einen haben, Leute, die sich das Leben nicht mit zweideutigen Gedanken schwer machen.

Die flotte Kati empfindet keine Trauer, sie möchte nur, dass es vorbei ist. Mit siebenundachtzig Jahren hat man so viel gesehen und erlitten, Hunderte von Gefühlen aneinandergeleimt, Sperrholzgefühle, mal heller, mal dunkler. Man hat sich mit Leben und Tod arrangiert. Sicherheiten waren Kati außerdem schon früh wichtig. Geld, Ansehen, Aussehen, eine Prise Skepsis der Menschheit gegenüber. Ihr erster Mann war ein angesehener Arzt und konservativer Abge-

ordneter, der die Nationalversammlung am Anfang der Siebzigerjahre zu einem Teil beeindruckte und zu einem anderen Teil entrüstete, als er mit einem Einmachglas auftauchte, das er wie eine Monstranz vor sich hertrug: Darin schwamm ein winziger Fötus. Er wollte unbedingt das Gesetz für die Freiheit der Abtreibung verhindern. Hier sehen Sie das Wesen, das Sie töten wollen, es hat schon Kopf, Arme, Beine, es ist ein Kind, Ihr Kind.
Sogar die flotte Kati fand die Aktion ihres Mannes geschmacklos, was für sie spricht. Ihr zweiter Mann war ihr rettender Anwalt, angesehen und schön anzusehen, ein machohafter Meckerer, der die globale Klimaerwärmung leugnete. Ob sich die Scheidung hier auch lohnte?
Mit Tante Tamara und der flotten Kati zusammen lag Céline einmal als junges Mädchen am Ufer eines Alpensees. Die Ehemänner machten eine Wanderung. Kati und Tamara unterhielten sich über Gott und die Welt, Mode, Küche und wandernde Ehemänner, Céline hörte zerstreut zu. Die Sonne wärmte sie, der See kräuselte sich im Wind, die zwei Schwestern und ihr luftiger Gesprächsstoff verjagten ihre jugendlichen Ängste. Für diese Frauen schien alles leicht, sie suchten nicht nach einem großen Lebenssinn, ihre eigene, natürliche Existenz war der Sinn, und genau das machte ihre magnetische Kraft aus. Céline beneidete auch die konfliktfreie Beziehung der beiden. Wenn sie stritten, dann nur leicht und scherzhaft, keine der Schwestern schien eine Benachteiligung wahrzunehmen und der anderen etwas nicht zu gönnen oder sie beschützen oder bevormunden zu wollen. Nie ein giftiges Wort, kein Vorwurf, kein Ratschlag. Die flotte Kati und Tante Tamara waren komplementäre Figuren,

eine blond, die andere braun, gehörten sie zu einem unbeschwerten Schwesternset. Céline glaubte zwar, eine gewisse Dominanz von Tamara zu spüren, die lag aber vielleicht daran, dass diese eben eine BH-Manufaktur leitete, während die nur um ein Jahr jüngere Kati ihr verwöhntes Hausfrauendasein genoss, doch nie klang Tamara deshalb überheblich. Möglicherweise bildete sich Céline diese Überlegenheit auch nur ein, weil sie im Elternhaus öfter negatives Zeug über Katis frivole Art gehört hatte oder weil sie ihre eigene Beziehung zu Pauline infrage stellte.

Als Bernard vom Podium hintersteigt, hängt die Krawatte von William aus seiner Jackentasche. Céline beißt sich in das Innere der Wangen, eine kannibalische Angewohnheit in Stresssituationen. Wenn man sich selbst ganz und schmerzlos fressen könnte, würde sie es heute tun. Bernard geht an ihr vorbei, beinahe wäre er über Paulines Füße gestolpert. Kurz ergreift er Célines Schulter, berührt sie, sie lächeln sich spontan an, sein Rasierwasser steigt ihr wieder in die Nase.
Die Särge werden nun mit einer Aufzugsplattform ein Stockwerk tiefer gefahren. Dort werden sie in den Ofen geschoben. Indessen erklärt ein Angestellter des Krematoriums, sie könnten in etwa drei Stunden die Urnen abholen. Sie erfahren, dass sich nur die Knochen in der Urne befinden werden, die zuvor eingestampft und zusammengepresst wurden.
Die flotte Kati möchte die Urnen nicht mitnehmen, nein, auch die Urne von Tamara nicht, sie wisse nicht, wohin damit. Dein Onkel, sagt sie zu Philippe, mochte die Berge so sehr, ihr könntet die Asche doch irgendwo dort verstreuen.

Aber Tamara?, fragt Philippe. Tamara mochte die Alpen nicht besonders.
Ach, sagt Kati, sie hätte gewiss bei ihrem Mann bleiben wollen, oder?

Es wird entschieden, dass man jetzt zusammen essen geht. Der Hunger, der Céline noch vor zwei Stunden quälte, ist vergangen. Die Familie Cardin bahnt sich einen Weg nach draußen und durch die Menge der nächsten Trauergäste, viele junge Leute, die sich weinend umarmen und an zerknüllten Papiertaschentüchern festhalten.

Warum?, fragt ein Mädchen. Warum nur?

Ein dünner blauer Streifen zeigt sich am Horizont. Céline hat Lust auf Glück. Sie erinnert sich an den Tipp einer Biologielehrerin: Wenn du deprimiert bist, hebe den Kopf zum Himmel, es ist dort immer heller als unten, sogar bei Regen. Sie schaut zum blauen Streifen hin, atmet tief ein und aus, spürt aber kein Glück. Nur die Lust zu fliehen. Dann hört sie Bernard, der sie ermahnt.

Los, wir müssen hier in der Gegend etwas finden, später müssen wir sowieso wieder hierher zurück.

Sie reißt sich zusammen, holt die anderen ein. Stehen geblieben ist diesmal aber William, der ein junges Mädchen beobachtet, das konzentriert etwas auf seinem Handy liest.

Er geht zu ihm, streichelt ihm die rote Kapuze. Du schick, grinst er, und als ein Feuerwehrwagen vorbeirast, ruft er plötzlich: Tot, tot, tot, tatütata!

Erschrocken schaut sich das Mädchen um. Es geht zwei Schritte zurück und ruft: Was soll das?

Tatütata!, schreit William ihm noch mal ins Gesicht.

Man kann ihm nicht ansehen, dass er behindert ist. Er ist, wie wir schon sagten, ein schöner Mann mit welliger Frisur, einer römischen Nase, einer aufrechten Haltung. Nur den Kopf neigt er manchmal zur rechten Schulter und schaut schräg zum Himmel hin. Wie jetzt bei seinem Tatütata.

Aline eilt schnell hinzu und entschuldigt sich bei der jungen Frau. Verzeihung, der kann nichts dafür.
Dochdochdoch!, ruft William.
Aline hakt sich schnell bei William ein: Komm, William, wir müssen weiter, wir gehen jetzt essen.
Fritten, sagt William, ja, Fritten.
Ich bin weg, verabschiedet sich Antonina, ich lasse euch mit der lieben Verwandtschaft allein, zwinkert sie Pauline zu, wir telefonieren, *adios*, Linelineline, *salut*, Philippe! Küsschen, William! Sie wird umarmt, man bedankt sich für alles, was sie für Simon und Tamara getan hat.

Als sie gerade ein paar Meter weg ist, erzählt Pauline, dass Antonina zurzeit das Auto von Onkel Simon fährt, weil ihr eigener Wagen nicht zu reparieren ist. Sie hofft, wir könnten ihr den Citroën schenken. Falls die anderen einverstanden sind.
Céline schaut auf ihr Handy, liest die E-Mail, die sie während der Zeremonie erhalten hat. Sie kommt vom marokkanischen Generalkonsulat in Frankfurt, wo sie neulich eine Bewerbung hinterlegt hatte. Sie könne übermorgen einen Job als Dolmetscherin haben, es gehe um Verhandlungen zwischen einem Marokkaner und den Justizbehörden. Den Mann erwartet ein Prozess. Sie wird gebeten anzurufen. Céline freut sich sehr, tippt aufgeregt ihre Antwort: Ja, sie wird morgen in Frankfurt sein und meldet sich noch heute Nachmittag telefonisch. Sie könnte in die Luft springen vor Freude. Schon lange hat sie nicht mehr einen so interessanten Auftrag bekommen. Die Zahl der Französisch sprechenden Flüchtlinge aus dem Maghreb und aus Schwarzafrika

ist hoch. Da wird sie als Dolmetscherin gebraucht, da könnte sie eine sinnvolle Arbeit leisten.

Was machst du?, ruft die flotte Kati. Wir müssen uns beeilen, sonst finden wir keinen Platz mehr und müssen ewig auf das Essen warten.

Die Gruppe folgt ihr, die Alte scheint die Situation fest in die Hand zu nehmen, sie trippelt entschieden über das Pflaster in Richtung Bistro.


Aline geht jetzt neben Céline. Sie fragt sie nach ihrer letzten Begegnung mit Onkel Simon und Tante Tamara. Sie sei, antwortet Céline, aus ihren Ferien in Briançon gekommen, habe in Lyon bei ihnen einen Tee getrunken.

Sie erinnert sich, dass sie in einem Schrank nach einem Heftchen des Onkels gesucht hatte, in dem er alle seine Touren aufgeschrieben hatte, mit Orts- und Zeitangabe und einer kurzen Bemerkung zu der Strecke. Leicht, schwierig, heiß, Aussicht \*\*\*. Sie hatte ihm daraus vorgelesen, jeder Gipfelname als Titel einer kleinen Erzählung, die er vervollständigte. Er erinnerte sich daran, dass sie kurz vor dem Gipfel des Batailler umkehren mussten, weil sie an einer Schafherde hätten vorbeilaufen müssen, ihnen aber ein Schutzhund, ein Patou der Pyrenäen, knurrend den Weg versperrte. Er sprach wieder von einem Abstieg vom Pelvoux und von den Ängsten von Célines Vater.

Er sagte: Ernest war manchmal ein Schlappschwanz.

Immerhin hat der Schlappschwanz vier Kinder gezeugt, sagte sie, Tante Tamara hustete dazwischen und brummte etwas, das Céline nicht gut verstand: Ihre Mutter sei mit dem Onkel am Lac des Béraudes gewesen.

Wirklich? Ich dachte, meine Mutter war wie du und ist nicht gern gewandert, das war nicht so ihr Ding.

Früher, japste Tamara, viel früher. Vor meiner Zeit.

Der Lac des Béraudes war eine leichtere Familienwanderung. Für Väter und Mütter mit kleinen Kindern in Rucksäcken.

Tamara schloss die Augen und sagte noch etwas. Das war gut, hechelte sie, dass wir keine Sprösslinge in diese verdammte Welt geworfen haben.

Céline wunderte sich etwas und war sich nicht sicher, ob sie genau diese Worte gehört hatte. Sah, wie erschöpft die Tante war, und sie ließ sie nicht ihre Worte wiederholen.

Tamara und Simon sprachen nie über die Kinder, die sie hätten haben können, nicht haben konnten. Ein Hund und ein Kater genügten ihnen. Sie sagten offen, dass das »nicht geklappt« habe, sie könnten keine Kinder haben, das Leben sei auch so schön und strapaziös genug, wer arbeite, langweile sich nicht, Freunde und Spaß habe man genug und nervende Neffen und Nichten im Übermaß. Das reiche aus.

Es wurde gemunkelt, Tamara habe in ihrer Jugend eine Abtreibung vornehmen lassen, zu einer Zeit im Krieg oder kurz danach, als beide noch zu jung waren, um zu heiraten, Simon habe noch kein Diplom gehabt (hatte er überhaupt Abitur oder wurde er wie Ernest durch väterlichen Einfluss in der zahnärztlichen Hochschule aufgenommen?), es wurde auch getratscht, dass der Großvater diese verbotene Abtreibung selbst bei seiner zukünftigen Schwiegertochter ausgeführt und sie dabei versehentlich sterilisiert habe.

Jeder beteiligte sich gern an diesem Tratsch, über alle Generationen hinweg. Auch Célines Mutter, die so oft als Haus-

mütterchen abgestempelt wurde, bekam in solchen Momenten ein bisschen Munition. Die kleine Mutter, die in einem Kloster lernte, Kabeljau in Weißweinsoße in den Backofen zu schieben oder Initialen auf Betttücher zu sticken. Sie hatte aber vier gesunde Kinder zur Welt gebracht. Sie war stolz darauf.
Das Kind war die Drehachse dieser Familie, vielleicht jeder Familie bis zur Erfindung der Antibabypille. Das gewünschte Kind gewiss, aber auch das Kind, das ein Junge hätte werden sollen und als Mädchen zur Welt kam, das Kind, das man aus einem unbekannten Grund nicht zeugen konnte, das Kind, das nicht verhütet wurde, weil man sich (wie Ernest) nicht traute, den Apotheker nach Kondomen zu fragen, das ungewünschte Kind, das man abtrieb oder zur Adoption freigab und in einem Geheimnis ein Leben lang einschloss, oder das Kind, das trotz Abtreibungsversuch zur Welt kam, das Kind, das Schande brachte, das Kind, das die eine bekam und die andere sich vergeblich wünschte.

Alle folgen brav der flotten Kati. Endlich haben sie es geschafft, den Boulevard zu überqueren, William vorneweg mit seinem Schlachtruf: Fritten.
Aline hinkt und keucht, sie habe Schmerzen an der Hüfte und Durst, Durst, Durst, es sei nicht normal, immer so viel Durst zu haben, ach, Céline, ich muss dir was erzählen. Sie war gerade selbst beim Arzt, als sie vom Unfall der Tante erfuhr. Sie habe im Sprechzimmer auf ihn gewartet, als Pauline sie auf dem Handy angerufen und ihr vom Onkel und von der Tante erzählt habe, von der Limonade, vom Glas, das sich die Tante habe angeln wollen, und ...

Und, was war damit?

Auf dem Schreibtisch des Arztes stand ein Glas Wasser, erzählt Aline, noch unberührt, hoffe ich, und ich hatte nach dem Anruf und der Geschichte fürchterlichen Durst, ich konnte nicht widerstehen, auf einmal hatte ich das Glas des Doktors in der Hand und trank es aus. Einfach so. Ich musste dieses Wasser trinken, ich musste es, ich hatte das Gefühl, ich würde sonst auch sterben. Ach,

Aline,

denkt Céline, dies ist nicht deine Grabrede, sondern deine Geschichte. Pauline, Philippe und ich hielten einander warm, unsere kleinen Egos hingen wie drei Schlüssel an einem Bund, während du, die Größere, als Unikum, aber auch einsamer aufwuchst. Du bist zu einer Sofaverrückerin geworden. Deine Leidenschaft ist das Umräumen deiner Einzimmerwohnung. Da leider dein Geld nicht ausreicht für ein umfangreiches Unternehmen, begnügst du dich damit, die Stehlampe in eine andere Ecke zu verschieben, eine neue Tapete zu kleben, die Übergardinen passen dann nicht mehr zur Tapete, neue müssen her, und hier eine bessere Tischdecke. Die kleinen Dinge des Lebens befriedigen dich durchaus. Die Gesellschaft, die Politik, alles ist so komplex, so verwirrend, kein Durchblick, so kaufst du dir einen Lidschattenpinsel, überlegst vor dem Spiegel, welche Wimperntusche heute besser passt. Deine geliebten Enkelinnen melden sich nicht mehr? Du legst eine Spitzendecke auf eine Resopal-Platte. Die Härte und die Kälte der Fläche verschwinden unter Stern- und Blumenmotiven. Es lief viel schief in deinem Leben, aber die Dinge eben, die du erwirbst oder nur in den Schaufenstern ansiehst, helfen dir, dir innerhalb deines Pechs deine eigene gemütliche, kleine Insel einzurichten, sodass du die Übersicht über die Bedrohungen der Welt und Pleiten des Lebens verdrängst und vergisst. So wie ein Kind im Haus der cholerischen Eltern die Puppenküche aufräumt oder mit Kinderzeichnungen die hellhörigen Wände seines Zimmers zukleistert, so überklebst du Scheidung, Unfälle, Krebskrankheit und den plötzlichen Tod deines zweiten Mannes. Wie deine Mutter und deine Schwester Pauline liebst du Babys und Kinder. Süße, warme Seelchen und Leibchen, die es zu füttern, zu küssen, zu besingen, anzukleiden gilt. Nach einigen Jahren häutet sich der Enkel leider zu einem pickeligen Streithahn, der bald darauf auch schon zu einem bärtigen und rücksichtslosen Erwachsenen mutiert, der seinen alten Fans längst den Rücken gekehrt hat.

Und schon haben wir es wieder mit einem unerwünschten Kind zu tun. Aline wurde von der Liebe geprellt. Ihr erster Freund war ein bärtiger Schönling, achtzehn Jahre alt, faul. Wir haben schon erzählt, wie Céline für ihre Schwester vor dem Schlafzimmer der Eltern Wache stand. Ungewollte Schwangerschaften verhindern konnte sie allerdings auch nicht.

Aline wurde schwanger. Unter dem Druck seiner Eltern hat der junge Liebhaber, gerade durchs Abi gefallen, sie zwar geheiratet, einige Monate später aber schon wieder für eine andere verlassen.

Wen wird es wundern?, fragte die böse Großmutter, als sie von Alines Schwangerschaft erfuhr, und dachte natürlich an die adoptierte Schwiegertochter: Deren Mutter war sicher ein leichtes Mädchen, eine geile Schlampe, eine läufige Nutte, möglich auch: eine Idiotin. Deren Tochter und deren Enkelinnen sind zwangsläufig das Gleiche. Das Laster stecke im Blut.

Sollte man an die Wiederholung des Schicksals glauben?, fragte sich Céline und meinte die Wiederholung des gleichen Motivs, hier: eine verlassene Mutter, ein unerwünschtes Kind, du wirst dich hingeben und in Schimpf und Schande verlassen werden. Ein, zwei, drei Mal das gleiche Muster, die vierfache Wiederholung als Stilfigur einer Familie, und unergründbar die Absicht des Schreibers dahinter, der an dieser Familiengeschichte strickt.

Nein, Céline denkt eher, dass das große Zittern vor eventuellen Fehltritten der Töchter diese erst recht so nervös hat werden lassen, dass sie gar nicht anders konnten, als vor Liebe für den falschen Mann zu vibrieren.

Céline erinnert sich, wie der Vater eines Tages mit einem Brief von Aline in der Hand durch die Diele auf und ab tigert, er hat seine Patienten nach Hause geschickt. Aline verbringt unter irgendeinem Vorwand einige Tage bei einer Freundin. Die Mutter knetet stumm ein feuchtes Taschentuch durch und sagt zu Céline, die von der Schule nach Hause kommt: Deine Schwester ist schwanger, Aline.

Céline gelobt umgehend, als Jungfrau zu heiraten, in Weiß, ihrer Mutter zuliebe: Ich schwöre es dir, Mama, aber die Eltern schließen sich in ihrem Zimmer ein, und sie hört, dass der Vater der Mutter Vorwürfe macht, sie habe ihre Töchter verzogen, und sie: Du hast dich nie um sie gekümmert. Sie sprechen leiser, Satzfetzen, die sie nur erahnen kann, und dann die Mutter: Ich weiß genau, was du denkst, du denkst wie deine Mutter, alles, immer ist alles meine Schuld. Dann kommen sie aus ihrem Schlafzimmer, die blasse Mutter knetet immer noch ihr Taschentuch, die hohe Stirn des Vaters ist gerunzelt, die Kinder sind jetzt alle aus der Schule zurück und das Dienstmädchen hat geräuschlos angerichtet. Es bringt die Vorspeise und blickt auf diese verstörte Familie, die roten Augen der kleinen Mutter, die geballten Fäuste des Vaters, das Nägelknabbern von Pauline, die Gabel von

Céline, die ihr hartes Ei mit Mayonnaise böse zerdrückt, hört die Stille nach dem Sturm und verschwindet schnell in der Küche. Philippe streitet sich leise mit Pauline, man weiß nicht genau, warum, bis der Vater sie anschnauzt, Kinder haben bei Tisch den Mund zu halten. Und du, Céline, hörst auf mit der Matscherei, sonst isst du in der Küche weiter.
Sehr gern, sagt Céline, die ihren Teller nimmt, in die Küche geht und sich dem peinlich berührten Dienstmädchen gegenübersetzen möchte, auf dem Weg dorthin aber vom Vater abgefangen wird, der sie ein paarmal heftig ohrfeigt, links und rechts.
So, sagt er, als er wieder im Esszimmer ist, vielleicht hat sie jetzt etwas gelernt.

Was Céline gelernt hat, wird sie erst in drei Jahren formulieren können, nach ihrer Begegnung mit Jean-Paul Sartre, einem verwöhnten, von seiner Mutter und seinen Großeltern vergötterten Kind. Jetzt fühlt sie es nur konfus, dass der Grundsatz »Jede Person ist eine absolute Wahl ihrer selbst« hirnrissig ist. Wer will sich schon als geohrfeigtes Ich sehen? Als selbst gewähltes geohrfeigtes Ich? Sie lernt auch, dass sich identische Ereignisse im Blick eines anderen ganz anders darstellen. Man sieht ein Schwein, man sieht ein Pferd, man sieht einen Schwan, man sieht einen Bären. Eine Geburt ist eine Freude, ist eine Schande, ist ein Unfall, ist eine Strafe, eine Rettung oder eine Erfüllung. Ein Vater ist ein Beschützer, ein Ernährer, ein Schläger, ein ängstliches Kind. Eine Familie ist eine Wiege, ein Gefängnis, ein Giftschrank, ist ein Hafen. Nichts ist real. Auf nichts ist Verlass. Du bist heute kein Kind, nur ein Blitzableiter. In zwei Stunden eine normale Schülerin im blauen Kittel. Das Dienstmädchen tröstet dich. Sei froh, sagt es, wer nicht geschlagen wird, lernt nicht zu kämpfen.

Am Esstisch weicht der Vater allen Blicken aus. Er kaut sein Hüftsteak und denkt, das Schlimmste sei doch, dass er die Nachricht der nun anstehenden Hochzeit seiner Mutter und seinen Geschwistern übermitteln müsse. Die Schadenfreude der Lyoner werde sein Leben noch weiter vergiften. Er werde wieder dastehen wie der Taugenichts, der Hohlkopf, als der er ohnehin immer gegolten habe.

Es gibt viele Verwüstungen im Leben von Aline. Ihr zweiter Mann wird auf einer Skipiste einfach tot umfallen. Aline tut sich überhaupt schwer mit dem Gravitationsgesetz. Der Apfel fällt nicht weit vom Stamm. Mädchen fallen. *Elles tombent enceintes*. Auf Französisch »fällt« man schwanger. Die Mädchen fallen aus allen Wolken, harte Worte fallen, der Regen fällt, der Blitz fällt, die Blätter fallen. *Tombe*. Grab.

Sie treten in das Bistro ein, eine Vorortkneipe, der Fernseher läuft, es riecht nach Fett und Feuchtigkeit, die Fenster alle beschlagen, der gekachelte Boden mit Sägemehl bestreut. Céline hat ewig keinen feuchten Boden mit Sägemehl mehr gesehen. Und das in einer Großstadt.

Die flotte Kati hat direkt einen Tisch beschlagnahmt und gibt der Mannschaft Zeichen, sich zu sputen, bevor sie ihn wieder aufgeben muss.

Aline behält ihren Mantel an, sie friert, Pauline und Hélène streiten.

Pauline hört sich die Vorwürfe der Cousine an, der nie Aufmerksamkeit geschenkt werde, sagt diese, und die ihr gerade besiegter Krebs nicht klüger gemacht habe, erwidert Pauline. Kommt, mischt sich Céline ein, hört bitte auf. Wir haben jetzt wirklich andere Sorgen. Die zwei aber lassen sich nicht abhalten, alte Vorwürfe, Sticheleien, Wichtigmacherei. Sie messen sich, sie übertreiben gern, ihre Welten kollidieren, sie kämpfen, wann immer es geht, einen dreißig Jahre alten Kampf weiter: Hélène und ihr Mann waren in den Sommerurlaub gefahren, Pauline und ihr Mann sollten auf die Villa aufpassen. Zum Schutz vor Einbrechern. Zunächst freuten sie sich, mit ihren Kindern die eigene kleine Wohnung für eine Zeit verlassen zu können. Als der Urlaub jedoch um und jeder wieder bei sich zu Hause war, bekam Pauline einen Brief von Hélène, in dem sie ihr auf mehreren Seiten vorwarf, ihr Haus nicht sauber, im Gegenteil, jawohl, sehr unordentlich zurückgelassen zu haben. Der gesamte Brief hatte Pauline nicht nur zu einer Putzfrau degradiert, sondern auch noch zu einer schlechten Putzfrau.

William greift zu einem Stoß Papierservietten und beginnt damit, eine zusammenzufalten.
Flugscheug, sagt er zu Céline.
Oh ja, machen wir mal ein Flugzeug, lächelt sie.
Vor vielen Jahren schon hatte sie ihm beigebracht, wie man einen Papierflieger faltet. Gemeinsam haben sie damals ganze Fliegerstaffeln aus dem Fenster in den Garten hinuntergeworfen.
Das versteht niemand, wirft Philippe ein und meint wahrscheinlich das Verschwinden des Testaments.
Ich finde es prima, sagt Kati, ich erbe alles.
Sie hat das so übertrieben gesagt, dass es nur ein Scherz gewesen sein kann. Alle, auch ihr Sohn, starren sie an, bevor sie wieder verlegen in die Menükarten schauen.
Die Kellnerin kommt an den Tisch und erwähnt die Tagesgerichte: Kalb in Weißweinsoße oder gekochtes Rindfleisch mit Möhren und Sellerie?
Könnte man den Fernseher ausmachen?, fragt Kati. Er ist laut, wir wollen uns unterhalten.
Aber es kommen ja gleich die Nachrichten, sagt die Kellnerin, die Gäste wollen sie hören.
Na ja, schlechte Nachrichten erfahren wir doch stets früh genug.
Bei diesen Worten zwinkert Kati ihrem Sohn zu (oder bildet sich Céline das ein?) und sagt dann, ohne es mit irgendwem abgesprochen zu haben: Also – wir nehmen für alle das Kalbsragout mit Fritten. Und grünen Salat dazu, ruft sie dem Wirt hinterher.
In den Mittagsnachrichten im Fernsehen geht es um die Aufklärung eines vielfachen Mordes, der Frankreich seit

zwei Wochen in Atem hält. Zwei Brüder hatten sich um eine Erbschaft gestritten. Goldmünzen. Einer der beiden fühlt sich benachteiligt, bricht beim anderen ein, wird überrascht, tötet dann nicht nur seinen Bruder und dessen Frau, sondern auch deren zwei Kinder, Studenten, die gerade ihre Eltern besuchen.

Die Arbeiter am Nebentisch wollen die Todesstrafe wieder einführen. Alle am Tisch der Cardins tauschen halb ironische, halb verschämte Blicke aus. Nicht, dass man sich, um Gottes willen, mit dem goldgierigen Mörder identifizieren würde, aber man spürt doch eine nebulöse Verbundenheit zu dieser tragischen Erbgeschichte.

Philippe wagt sich an ein krampfiges Wortspiel über Erben und Sterben, Kati flachst, sie hoffe, niemand hier am Tisch wolle ihr und ihrem Sohn den Garaus machen. Aber kommen wir zur Sache, Kinder. Für mich ist die Geschichte klar. Es gibt kein Testament. Und damit kommt das Vermögen von Tamara dem nächsten Verwandten zu. Also mir. Denn der nächste Verwandte bin ich.

Schwer zu sagen, ob die flotte Kati gerade wirklich triumphiert oder die anderen einfach nur auf die Folter spannen will.

Die Geschwister Cardin werfen sich Blicke zu.

Alle scheinen zu erwarten, dass Céline einschreitet und etwas sagt.

Aber warum soll sie sich für dieses Geld streiten?, denkt Céline. Das wäre nicht rechtschaffen, sie selbst war für Onkel Simon und Tante Tamara nur selten da, sie konnte ihnen nicht beistehen. Obwohl der Begriff »rechtschaffen« in diesem Zusammenhang absurd ist, auch wenn ihre Geschwister denken, Kati oder Bernard haben das Geld gar nicht verdient. Es geht ja hier nicht um eine Belohnung, oder?

Céline hat aber vorläufig nichts gegen eine dichotomische Gesellschaft. Von ihr aus. Es gibt heute eben die Guten und die Bösen. Die Geschwister Cardin sind nicht unbedingt die hundertprozentig Guten, aber ganz sicher sind sie die Besseren.

Sie weiß nur nicht, wie sie ihren Geschwistern wirklich helfen kann. Sie selbst hat es leicht mit dem Verzicht, denn auch dieses Geld würde ihren Schritt in den geliebten Bergen nicht jünger und sicherer machen. Auch ihr Mann käme deshalb nicht zurück. Der Fernseher wirkt hypnotisch. Es geht jetzt um die Chemieindustrie in Marseille, um eine veraltete Fabrik, deren Emissionen den Umweltnormen nicht mehr entsprechen. Céline schaut gebannt auf den schmutzigen Himmel über der Fabrik. Sie hört zerstreut zu, wie Philippe hüstelt und Antoninas Wunsch vorträgt. Sie habe Simons Wagen ausgeliehen, könne sich die Reparaturen ihrer alten Kiste nicht leisten, ob sie den Wagen behalten könne. Bernard sagt, er brauche erst mal die Fahrzeugdaten, um den genauen Wert des Autos festzustellen. Bis dahin solle Antonina den Wagen wieder in die Garage zurückstellen.

Philippe und Pauline widersprechen nicht. Antonina gegenüber haben sie ihre Pflicht getan. Céline hegt den Verdacht, dass Pauline sich den Wagen sowieso viel lieber selbst aneignen würde, für ihre Tochter, die ihren zu Schrott gefahren hat.

Antonina ist nicht blöd, sagt die flotte Kati, natürlich will sie abkassieren. Wie ihr alle.

Pauline wird erst blass und dann rot, sie fasst sich an den

Hals, bekommt einen Ausschlag. Sie öffnet ein Kästchen, schluckt eine Pille. Céline fällt zum ersten Mal auf, dass die flotte Kati eine Brigitte-Bardot-Stimme hat. Irgendwie ist sie im Ton der Sechzigerjahre stecken geblieben. Bernard versucht den Druck etwas rauszunehmen, legt die Hand auf den Arm seiner Mutter und mahnt, man solle jetzt vernünftig diskutieren und sachlich bleiben.

Wieder schauen die Geschwister zu Céline. Philippe gibt ihr Zeichen, Aline beugt sich verzweifelt in ihre Richtung, Pauline stößt sie mit dem Ellbogen an. Aber Céline sieht nur den Tisch, um den sie alle gemeinsam sitzen. Um den sie gemeinsam beim Mittagessen sitzen, wie zu Hause. Sie möchte ihre Schultasche noch schnell für den Nachmittagsunterricht packen, möchte die kleine Mutter hören: Céline, ich habe dir hundert Mal gesagt, du sollst deinen Schulkittel hier zu Hause ausziehen. Möchte die sauren Nierchen, die ihr nicht schmecken, für die Katze unter den Tisch werfen, Mistigri hieß sie, schwarz-weiß. Was denken die Leute, wenn du mit einem schmutzigen Kittel in der Klasse sitzt?

Gut, seufzt Philippe schließlich, ich erkläre euch unseren Standpunkt: Tamaras Testament bedachte uns alle zu gleichen Teilen, wir haben uns um Onkel Simon und sie jahrelang gekümmert, vor allem Pauline, und jetzt gehen wir leer aus, das war sicher nicht der Wille von Tante Tamara.

Wer weiß?, sagt Kati.

Ich weiß es, sagt Pauline. Sie hätten mich niemals enterbt, niemals.

Sie hätten uns niemals enterbt – und Pauline am allerwenigsten, sagt Philippe, euch aber wohl, und den Beweis haben wir.

Er holt ein Blatt aus seiner Handtasche, schaut verschmitzt in die Runde und schiebt es zu Kati und Bernard, die, sichtlich beunruhigt, den Text durchsehen.
Gleichzeitig erklärt Philippe, dass Onkel Simon, als er einmal sauer auf Tamaras Neffen und Nichten war (eine Tochter von Bernard habe die beiden wieder nur besucht, um sie anzupumpen, und Bernard selbst habe sich seit Monaten nicht blicken lassen), sein Testament geändert habe. Er habe glatt Bernards Namen herausgestrichen, wodurch das Dokument natürlich wertlos wurde. Daraufhin hätten er selbst, Philippe, aber auch Pauline und Aline den Onkel gebeten, sich zu besinnen und das Testament neu zu schreiben, auch wieder den Namen von Bernard einzufügen. Dies auch, sagt Philippe, um mit euch später keine Probleme zu bekommen. Ihr solltet nicht denken, dass wir den Onkel beeinflusst hätten. Genau das haben wir zwar gemacht, aber nur, damit alle das Gleiche bekommen.
Wie lieb von euch, sagt Kati (ach, ihr schräges Lächeln).
Also, kommt Philippe zu einem Ende, wir waren euch gegenüber fair, seid es bitte auch uns gegenüber. Und es ist falsch, dass es kein Testament von Tamara gibt. Es gibt eines und das ist sehr klar. Nur leider ist das Original verschwunden.

Philippe hat ruhig gesprochen, gut artikuliert, in einem friedlichen Ton. Céline erinnert sich an die Zeit, als sie ihn die Fabeln von La Fontaine abgefragt hat, die er auswendig lernen musste. *Der Rabe und der Fuchs*, *Der Wolf und das Lamm*, *Die Grille und die Ameise*, *Perrette und der Milchtopf*. Gewonnen hatte immer das Böse, die Gier, der Geiz. Gefressen oder verspottet wurden der Rabe, das Lamm, die Grille, das Milchmädchen, das träumte. Die Fabeln waren keine gereimten Appelle an die Moral, nein, man lernte, misstrauisch, schlau, berechnend zu sein, ein Dieb, ein Verbrecher oder ein Spießbürger zu werden. *La raison du plus fort est toujours la meilleure.* »Der Stärkere hat immer recht«, brachten uns der Löwe, der Dichter und der Lehrer bei.

Wie lieb von euch, grinst Kati. Aber nun ist eben nicht euer Onkel Simon, sondern Tamara als Letzte gestorben. Und das Testament eures Onkels ist sowieso völlig ohne Bedeutung, ob mit oder ohne Bernards Namen, Tamara ist die Erbin von Simon, und die Erbin von Tamara bin ich.

Hélène, die bis jetzt geschwiegen hat, was Céline wundert (hat sie schon ein Kreuz auf das Landhaus des Onkels gemacht?), Hélène seufzt und sagt, sie fühle sich überfordert, grundsätzlich sei sie mit Philippe einverstanden … Und es wäre nur fair, wenn …

Alle schauen zu ihr, warten darauf, wie sie ihre Aussage zu beenden gedenkt. Aber was kommt, ist nur ein entmutigtes Kopfschütteln und ein: Na ja, es hat sich so ergeben.

Sie entfaltet mechanisch eine von William gefaltete Serviette und reibt eine Ecke zwischen den Fingern, dann glättet sie die Falz und wirft Bernard einen sonderbar ermunternden Blick zu.

Bernard räuspert sich: Die Geschwister Cardin hätten vor einigen Jahren 20 000 Euro vom Onkel erhalten, ein schönes Geschenk nach dem Verkauf einer Immobilie, ein Geschenk, das Hélène ebenso wie ihm, Bernard, verwehrt worden sei.

20 000 Euro, fährt er lächelnd fort, die ihr bestimmt nicht versteuert habt, eine Schenkung, die euch also teuer zu ste-

hen kommen könnte. Falls wir zu einem Abkommen kämen (das Wort »falls« fällt wie ein Axthieb), müsstet ihr dieses Geld, das auch Tamara gehörte, wieder in den gemeinsamen Topf werfen, und dann könnten wir uns eventuell auf halbe-halbe einigen.

Diesen Schachzug hatten die Geschwister Cardin nicht kommen sehen. Ja, der Onkel hatte ihnen vor Jahren dieses Geld geschenkt, und sie hatten nicht damit gerechnet, dass es jetzt eine Rolle spielen könnte. Céline erinnert sich, dass sie damals gefürchtet hatten, Ärger mit Hélène und Bernard zu bekommen, der Onkel aber hatte nicht mit sich reden lassen, Hélène sei reich genug, nein, Hélène wolle er nichts schenken, auch Bernard nicht, den er nie zu Gesicht bekomme.

Céline entgeht nicht, dass Hélène nun ein schmales, aber siegessicheres Lächeln zur Schau trägt, als hätte sie ungeduldig auf diesen Moment gewartet, als wäre dieser Triumph ein mit Bernard abgekartetes Spiel (auf welcher Seite steht sie?).

Philippe zerreißt sorgfältig seine Papierserviette und knetet eine Kugel nach der anderen. Er versucht freundlich zu lächeln, als spielten sie jetzt Monopoly.

Gut, sagt er, wir könnten uns vorstellen, dass wir das Geld wieder in das Gesamtvermögen des Onkels einbezahlen – er blickt zu seinen Schwestern, die ihm müde Zustimmung signalisieren –, aber dann muss das Gesamterbe in sechs Teile geteilt werden, wir vier, Hélène und du, Bernard.

Bevor der überhaupt antworten kann, schreitet die flotte Kati ein. Sie hebt die Schulter, zieht den Kopf ein und öffnet die Hände, als ruhte die Lösung in deren Innerem.

Fakt ist, sagt sie, dass das Testament als Fotokopie juristisch keinerlei Wert besitzt, und Fakt ist, dass jeder von euch schon Geld bekommen hat.
Aber jetzt geht es um eine Million, grob geschätzt, sagt Philippe.
Fritten!, ruft William dazwischen.
Die Kellnerin kommt an den Tisch, hat allerdings noch keine Fritten dabei, sondern nur die Getränke. Alle schweigen, ein kribbeliges Abwarten, wie bei Rennläufern, die kaum den Startschuss abwarten können. Paulines Hände, die das Wasserglas halten, zittern, Philippe lässt in Zeitlupe die Eiswürfel in den Pernod fallen. Die flotte Kati hat ihren weißen Burgunder schon in einem Zug runtergekippt. William saugt mit einem Strohhalm genüsslich seine Limonade. Céline hat sich ein Stück Baguette aus dem Brotkorb genommen, mit dem Zeigefinger ein Loch gebohrt, den weichen Kern des Weißbrotes herausgegessen.
Kein schlechtes Brot, verdient die Trikolore, sagt sie.
Eine Fahne auf einem Berggipfel flattert plötzlich in ihrem Kopf. Schwarze Dohlen stürzen sich auf ein Stück Brot, das sie ihnen hingeworfen hat. Sie weiß nicht, welcher Teufel sie auf einmal reitet, als sie sich zu Bernard wendet.
Was ist eigentlich aus Samira geworden?
Und Bernard, der auch gerade dabei war, eine Scheibe Brot zu zerbröseln, stopft sich damit schnell den Mund, unglücklich, peinlich berührt, laut atmend. Vor Célines innerem Auge erwacht gähnend

der junge Bernard,

der mit Pauline und ihr eine Nacht in den Bergen verbringt, in einem kleinen Zelt zusammengekuschelt, eine fast schlaflose Nacht, eine kühle Julinacht. Ein Achtzehnjähriger, ein molliger Junge mit dunkelblonden Locken und einem höflichen Lächeln.

Bernard war Gast bei ihren Eltern, die ihn nach einer schweren Lungenentzündung – und einem Anruf von Tamara – eingeladen hatten, einige Wochen bei ihnen im kleinen Chalet zu verbringen. Das raue Klima der Alpen sollte ihm helfen, wieder zu Kräften zu kommen. Aline war schon ausgezogen, Philippe war lieber mit seinen eigenen Freunden unterwegs, während Céline die Aufgabe ernst nahm und sich schnell für den verklemmten Abiturienten verantwortlich fühlte. Sie ist zwei Jahre älter als er.

Für eine zweitägige Wanderung mit Übernachtung im Freien waren sie zusammen mit Pauline aufgebrochen. Bernard war nicht trainiert und nicht an Höhe gewöhnt. Die Mädchen merkten ihm die Anstrengung an und warfen sich teils besorgte, teils schnippische Blicke zu. Beide waren stolz auf ihre Kondition. Sie versuchten, Bernard mit Bemerkungen über die Tierwelt oder über die Schönheit der Landschaft und ihre Flora abzulenken. Bernard reagierte höflich und einsilbig. Enziane, Orchideen? Murmeltiere? Gämse? Ach ja, wie schön. Er hechelte neben ihnen her. Am Ende eines steileren Hangs warf er sich erschöpft auf die Wiese. Céline beobachtete die teigige Haut seiner Wangen, den Bauchansatz, der sich mit dem schnellen Atmen auf und ab bewegte, die beschlagene Sonnenbrille, sie war leicht angewidert. Um den

Fremdkörper Bernard herum glänzte und blühte die Landschaft. Im stechend blauen Himmel kreiste ein Adler.
Schau mal da oben, Bernard!
Der junge Mann nahm seine Brille ab und schaute in den Himmel. Céline fielen die blassen, feuchten Augen auf, Tränen, die sie zuerst auf die Müdigkeit oder die Enttäuschung über sich selbst zurückführte. Was für ein Weichei! Bernard wischte sich eine Träne aus dem Gesicht, putzte die Sonnenbrille und setzte sie wieder auf. Schniefend betrachtete er den Vogel: Schön, lasst uns weitergehen.
Sie wanderten bis in den frühen Abend hinein, bis sie sich in einer Mulde niederließen, in der sie ihr primitives Zelt aufbauten und ein Lagerfeuer machten. Bernards Erleichterung war spürbar, er half beim Holzsammeln, wurde ein bisschen gesprächiger. Seine Anekdoten über seine Pfadfindervergangenheit klangen erfunden. Sie aßen ihren Proviant. Die Nacht kam schnell, sie schwiegen und betrachteten die Milchstraße, grandios und so nah. Céline fühlte sich mit allen Sinnen dazugehörig. Spitzen, Zacken und Kuppen der Berge waren in die Dunkelheit zurückgetreten, sie atmeten die Gras-und-Erde-Gerüche, hörten das Rascheln des Windes in einem Hain, sahen das Leuchten der Sterne.
Fast zu schön, flüsterte Pauline, man fühlt sich nicht auf der Höhe!
Sie lachten leise, als könnten sie jemanden stören. Die Glut des Feuers wurde immer schwächer, Feuchtigkeit und Kälte krochen ihnen in die Kleidung und bald lagen alle in den Schlafsäcken. Céline hörte Paulines regelmäßigen Atem. Rechts von ihr aber schien Bernard keine Ruhe zu finden. Sie vernahm ein Schniefen, ein Glucksen. Es dauerte einen

Augenblick, bis sie verstand, dass Bernard schon wieder weinte. Was hatte er denn?
Sie flüsterten die ganze Nacht miteinander. Céline spürte Bernards Atem an ihrer Wange. Er erzählte, dass keine Lungenentzündung der Grund seines Aufenthalts in den Bergen war, sondern der Wunsch seiner Mutter, ihn aus der Stadt zu entfernen, ihn abzulenken. Er war verliebt in eine Mitschülerin. Die Tochter eines Algeriers. Er beschrieb seinen Schwarm: schlank, schön, dunkle Augen, schwarzes, gelocktes Haar. Er erzählte von seiner Liebe, er habe Samira respektiert, sie nie bedrängt, sei bereit gewesen, sie zu heiraten, nein, nicht jetzt, nicht sofort, er solle ja studieren, aber in einigen Jahren, ja, er hätte auf sie gewartet, auch sie solle studieren, dann hätten sie ihr gemeinsames Leben aufgebaut. Auf einmal war in der Dunkelheit auch der fade Bernard verschwunden, es entstand jetzt ein leidenschaftlicher Romeo, dessen Sätze sich melodisch wiederholten und steigerten, eine Lichterkette aus Worten wie Zauber, Schönheit, Intelligenz, Güte, Großzügigkeit, Fantasie, Witz, er flocht sie zu einem brennenden Bukett zusammen. Seine Mutter habe sie zusammen in seinem Zimmer überrascht, sei sofort zu den Eltern von Samira gegangen, dabei hatten sie sich nur an den Händen gehalten, sich nur berührt. Aber am nächsten Tag kam das Mädchen nicht in die Schule, am übernächsten Tag auch nicht. Er vermutete, es sei nach Algerien zu einer Tante oder einer Oma geschickt worden. Ein Monat vor dem Abitur. Und er habe keine Ahnung, wohin. Er sei so wahnsinnig darüber geworden, dass er in die Schule eingebrochen sei, um vielleicht im Sekretariat in irgendwelchen Unterlagen herauszufinden, wo Samira geboren wurde, wo

sie nun vielleicht sein könnte, irgendeine Spur, irgendeinen Anhaltspunkt. Leider wurde er jedoch vom Hausmeister erwischt. Der herbeigerufene Direktor hatte sich zwar von seiner Verzweiflung und seiner Liebesgeschichte erweichen lassen und keine Anzeige erstattet, ihm allerdings auch nicht weitergeholfen. Jetzt aber, jetzt wollte er Samira unbedingt wiederfinden.

Céline hörte verblüfft zu und fragte sich, wie sie in Bernard einen kleinbürgerlichen Spießer hatte sehen können. Er war ein Rebell.

*Par délicatesse j'ai perdu ma vie*, schrieb einst der junge Rimbaud. »Aus Behutsamkeit« oder »Feingefühl« oder »Taktgefühl« (fragt sich die Dolmetscherin) »habe ich mein Leben verloren.«

Man sollte leidenschaftlich und rücksichtslos leben, um seine Liebe bedingungslos kämpfen. Ausgerechnet Bernard zeigte ihr den Weg. Sie war fasziniert von ihm, lernte eine fromme Lektion: Urteile nicht so schnell, hinter jedem Menschen kann ein Unbekannter hervortreten, ein spießiger Bürgersohn kann einen Helden abgeben, ein angepasster Jugendlicher sich als Draufgänger entpuppen, als feuriger Liebhaber.

Bernard hatte sich selbst in seiner Verlorenheit geöffnet und in der Dunkelheit der Nacht sein wahres Gesicht gezeigt. War es nicht die Bestimmung der Liebe (die Céline noch für keinen Mann empfand), hinter die Fassade zu blicken, im anderen (oft dem Erstbesten, geben wir hier ruhig den Spielverderber in Romantik) das wahre Ich zu entdecken und Fähigkeiten, die anderen verborgen blieben? Samira hatte einen wunderbaren Bernard hervortreten lassen. Ein *coup de foudre* (»Liebe auf den ersten Blick«, im Französischen aber eher ein »Blitzschlag«, unübersetzbar ins Deutsche) vergrößerte mit einem Mal ein anderes Wesen. Céline hoffte seit dieser Nacht, dass sie selbst auch einmal so stark geliebt werden würde wie Samira (kindische Hoffnung, verraten wir es einfach, das wurde sie nie).

Als sie endlich einschliefen, zog sich die Dunkelheit zurück und ließ nach und nach Gipfel und Kämme auftauchen, zuerst grau und zaghaft, dann immer klarer, deutlicher und nüchterner.

Lasst uns zu unserer Angelegenheit zurückkommen, sagt Bernard. Was hat diese Geschichte damit zu tun? Nichts.

Bernard muss niesen, will sich die Nase putzen, kramt in seiner Jackentasche und holt aber nur Williams Krawatte hervor, die er auf die Fensterbank schmeißt.

Bernards Liebeskummer hat damals keine drei Monate angedauert. Das Mädchen ist aus Frankreich und aus Bernards Leben verschwunden, Céline weiß es doch. Der verzweifelte Liebhaber ist schnell wieder zum Langweiler geworden. Die Wünsche seiner Mutter wurden erfüllt. Gutes Jurastudium, vernünftige Ehe. Solide Karriere.

Der Bösartigkeit ihrer Scheinfrage nach Samira ist sich Céline selbst auch bewusst. Das entgeht ihr nicht, und auch nicht, dass sie eine ganze Reihe von wichtigen Fragen verbirgt, die sie sich nicht zu fragen traut, die ihr keiner beantworten kann: Was ist aus dir, aus uns geworden, die wir hier nun alle um ein Vermögen streiten, die wir der Liebe an den Kragen gegangen sind, die wir den großen Leidenschaften den Garaus gemacht haben, die wir alle Träume über Bord geworfen, alle Visionen zertrümmert haben?

Das alles ist nicht so einfach, wie ihr euch das vorstellt, sagt Bernard. Am Ende entscheidet sowieso meine Mutter, sie ist die offizielle Erbin.

Eben, sagt die flotte Kati und kippt jetzt einen Schluck Beaujolais. Zu erdig, wir werden alle Durchfall bekommen. – Nun gut. Das Testament, also das Original, habt ihr überall gesucht, vermute ich, und nicht gefunden.

Natürlich haben wir es gesucht, sagt Philippe. Nun, es lag doch nicht in *unserem* Interesse, es verschwinden zu lassen.

Was willst du damit sagen?, piepst die flotte Kati.

Kati stützt nun das Kinn auf ihre Faust, der zerknitterte Hals verschwindet vollständig hinter ihrem Arm, sie sieht auf einmal zwanzig Jahre jünger aus, wie eine kleine Ganovin aus einem britischen Krimi, die Göre, ein böses Mädchen mit einem sanften Wimpernschlag, aber schlechten Absichten, der Zuschauer weiß sofort, welch tödlichen Pfeil das Mädchen im Köcher hat.

Was willst du sagen?, wiederholt die flotte Kati und genießt Philippes Verlegenheit.

Eiskalter Wind fegt plötzlich in das Bistro herein. Eine Frau in Lumpen geht von Tisch zu Tisch und bettelt. Sie kommt auch zu ihnen, hält die Hand auf.

Philippe gibt ihr etwas. Céline schaut der Frau in die Augen und sieht direkt in die hellblauen Augen ihrer Mutter. Gerade will sie ihr auch etwas geben, da wird die Frau von der Kellnerin aus dem Bistro geschoben. Dann bringt sie das Essen. Das Fleisch ist fettig und hell.

Die Portionen sind anständig, sagt Bernard versöhnlich.

Hélène schneidet sich ein Stück ab und zieht darauf eine Grimasse: Der Stümper hat es mit Schweinefleisch gemischt.

Lass eine DNA-Analyse machen, sagt Pauline. Philippe lacht.

Die flotte Kati schneidet ihr Fleisch und kaut langsam.

Ich verzichte, sagt sie nach dem ersten Bissen, auf das Erbe.

Ich verzichte, sagt sie noch einmal, werde aber das gesamte Vermögen meinem Sohn übertragen. Bernard soll entscheiden, was weiter passiert. Wir haben morgen früh einen Termin beim Notar.

Einen Augenblick lang hört man nur den Fernseher und das Gemurmel der anderen Gäste, Philippe hat sein Messer behutsam auf den Teller gelegt, Hélène ein Stück Schweinkalb auf die Messerspitze gepickt, sie schielt nachdenklich darauf. Émile ist mit einer Fritte im Mund zum Stillstand gekommen, Aline reißt die Augen auf und bearbeitet mit ihrer Schuhspitze Célines Waden. Pauline stiert ins Leere und ihr Mann auf sie. Plötzlich ist wieder Hoffnung da, eine fragile Hoffnung, die man mit keinem überflüssigen Wort wegblasen darf.

Man hört jetzt die internationalen Nachrichten. Es werden die Opfer eines Attentats im Irak gezeigt. Die Kamera schwenkt auf ein weinendes Kind. Pauline, die den Fernseher im Rücken hat, dreht sich um, schaut hin, als sie das weinende Kind hört: Wieso kümmert sich keiner um das Kind? Wieso wird es gefilmt und nicht getröstet, weggebracht? Pauline hat Tränen in den Augen, und Céline spult die Zeit zurück, mehr als vierzig Jahre zurück, zu der damaligen, so jungen

Pauline,

die seit einem Jahr bei Simon und Tamara wohnte. Céline kam zu Besuch. Sie standen im Billardraum der Lyoner Wohnung. Tamara zündete sich eine Zigarette an.
Sex und Geldgier sind die zwei Motoren unseres Planeten, erklärte sie. Geldgier oder Machtgier.
Die Liebe, Tante Tamara, die Liebe, sagte Céline, und der Hunger. Tamara dachte kurz nach. Okay. Der Hunger führt zum Geld, die Liebe zum Sex oder umgekehrt, oder der Sex führt zum Geld und das Geld zum Sex.
Der Hunger führt zum Sex, sagte Céline.
Sie lachten.
Und der Sex zum Kind, sagte Tamara und schaute auf die Wiege von Nicolas. Sein Bettchen stand unter einem Gemälde, *Der Schüler*, von einem unbekannten Maler aus Lyon.
Und das Kind zur Schande, die Schande zur Verzweiflung, die Verzweiflung zum Selbstmord, sagte niemand.
Vorher ist die Liebe, sagte Céline, die nur für ihre Schwester sprach, die die ganze Zeit über tatsächlich überhaupt kein Wort sagte, die Liebe.
Céline, du bist eine kleine Kommunistin, sagte Tamara, mit Wischiwaschi-Gedanken.

Zwei Jahre zuvor hatte Céline ihre Eltern davon überzeugt, dass sie Pauline nach Lyon zu ihr schicken müssten, sie sollte eine gute Sekretärinnenschule besuchen, aus der kleinen Alpenstadt entkommen. Céline wollte ihr Studentenleben mit ihrer Schwester teilen, wie sie seit jeher ihre Leben geteilt hatten.

Alles ging in die Hose.

Pauline hatte sich in einen Kommilitonen von Céline verliebt, wurde schwanger und schloss die Schule nie ab.

Pauline hörte dem Dialog von Tamara und Céline nicht zu. Sie sah verloren aus dem Fenster in den grauen Hof. Sie konnte lang auf die Mülltonnen des grauen Hofes starren, als würde daraus ein rettender Geist entschlüpfen.

Bei Pauline, dachte Céline, war es jedenfalls Liebe, die zum Kind geführt hatte. Dem Kommilitonen, dem Freund, der kein Freund war, dem Geliebten, der nicht liebte, sondern bumste und sich davonstahl, war es um Sex gegangen. Und Geldgier führte wohl zu seiner Flucht.

Und Pauline?

Sie war naiv. Sie hatte an die magische Kraft der Liebe geglaubt, die vermochte, alle Schwierigkeiten des Lebens auszuklammern, schlechte Schulnoten, kümmerliche Beachtung der Eltern, Mangel an Berufsperspektiven, Gleichgültigkeit der gesamten Welt gegenüber einem jungen Mädchen, ein junges Ding, ein Ding, das da sein konnte oder auch nicht.

Wenn du mit mir schläfst, hatte ihr der Freund, der keiner war, gesagt, wenn du mit mir schläfst, beweist du mir, dass du mich kompromisslos, vertrauensvoll, leidenschaftlich liebst. Und Pauline machte genau das. Sie liebte leidenschaftlich, vertrauensvoll und kompromisslos.

Abtreibung war damals noch verboten, das Einzige, was Ärzte empfahlen, waren lange Stricknadeln oder Resignation. In Jugoslawien jedoch war es legal. Und so fuhr ihr Freund, der keiner war, sie in seinem 2CV bis zur Grenze, er hatte für sich keine gültigen Papiere beantragt, und Pauline musste allein mit Bus und Zug weiter nach Sarajevo. Er würde dann auf einem Campingplatz an der Adria auf sie warten. Der Himmel war blau und das Meer lau. Er wünsche ihr alles Gute.

Aber als Pauline in Sarajevo angekommen war, überkamen sie Panik und Gewissensbisse. Das Französisch des jugoslawischen Arztes war bescheiden, sie verstand wenig, und das, was sie verstand, machte ihr Angst. Sie nahm den nächsten Zug zurück, nach Italien, wo der Freund also auf dem Zeltplatz auf sie wartete. Unterwegs schöpfte sie wieder Hoffnung. Ja, sie hatte Angst vor dem Eingriff gehabt, und im Grunde wollte sie das Baby doch behalten, und sie war sich sicher, dass der Freund schon noch ein Vater werden würde, wenn das Kind erst mal da war. Es konnte einfach nicht anders sein. Aber es war anders: Endlich war sie wieder am Campingplatz. Sie rannte voller Hoffnung zum Zelt, seine nasse Badehose hing an der Leine, sie hörte Geräusche. Sie erkannte seine Stimme, sein Keuchen, seinen Rhythmus. Und darüber ertönte eine helle Stimme, eine Tonleiter höher, dringend, schrill. Der Reißverschluss des Zeltes, den sie ängstlich, aber entschieden hochzog, zerriss jede Hoffnung. Eine schöne Urlauberin schrie auf, zog schnell ihren Bikini an, haute ab, vergaß ihre Sonnenbrille, die Pauline in einen Busch warf.

Sie fuhr zurück nach Hause, behielt das Kind, er ging.

Und jetzt mussten ihre Eltern über die Schmach unterrichtet werden.

An diesem Tiefpunkt der Geschichte schreiten Onkel Simon und Tante Tamara ein. Sie bitten die Eltern zu sich. Sie verheimlichen nicht, dass sie ihnen eine wichtige Mitteilung zu machen haben. Ernest und Suzanne eilen also aus ihrer kleinen Alpenstadt herbei. Céline malt sich aus, wie ihr Vater, der sie ihre ganze Kindheit über mit seinen nervösen und riskanten Fahrkünsten in Angst und Schrecken versetzt hatte, die Kurven der Bergstraßen schnitt und auf der Landstraße nach Lyon alles überholte. Sie werden während des Mittagessens informiert. Die Gabeln ruhen, die Mutter steht auf, weint im Arm von Onkel Simon, der, die linke Hand in der Hosentasche, sie mit der rechten nur halb umarmt, das passt zu ihm, er schaut verlegen zu Tamara, die die Schultern hebt.

Der Vater entscheidet, dass Pauline am besten in Lyon bleibe und sich erst nach der Entbindung wieder in der kleinen Alpenstadt blicken lasse. Die böse Großmutter jedoch, bei der Pauline seit einem Jahr wohnt, erklärt, keine Nutte beherbergen zu wollen, und schmeißt sie raus. Pauline zieht zu Onkel Simon und Tante Tamara.

Als das Kind dann da ist, kommt die Mutter des Freundes, der keiner war, zu Besuch. Sie sieht sich das Kind an, sagt, es sei süß, hinterlässt einen Karton mit gebrauchter Babykleidung und geht. Man wird nichts mehr von ihr hören und auch nicht von ihrem Sohn. Pauline wirft die Babykleidung in die schwarze Tonne.

Später hat sie geheiratet, fand wieder Geschmack am Leben. Wenn Céline ein Bild ihrer Schwester malen könnte, das ihr gefiele, dann wäre es das der entspannten Pauline, an einem Seeufer sitzend, die Füße im Wasser, die Augen auf die Badenden und die Kinder gerichtet, die am Strand spielen. Das Bild einer kontemplativen Pauline, die die Schönheit und die Selbstverständlichkeit des Lebens genießt. Im Hintergrund aber lauert die Depression ihr immer auf, das Monstrum wartet auf die nächsten zu schwer wiegenden Sorgen, um ihr eine schwarze Kapuze über den Kopf zu stülpen. Ihr Leben lang will sie die Tochter von Onkel Simon sein. Wegen gewisser Gerüchte und weil sie ihm ähnlich sieht, nicht wie Céline, Aline oder Philippe, die alle die blauen Augen der Mutter und das blonde, gelockte Haar des Vaters geerbt haben.

Man möchte ihr sagen: Akzeptiere das Rätsel. Denn vielleicht ist es für dich das Beste, dich zu ergeben, dich selbst als kleines ungelöstes Geheimnis im Einklang mit dem großen Mysterium der Welt zu sehen.

Sie gönnen sich jetzt alle eine Pause. Über das Erbe spricht keiner mehr, überall am Tisch werden einzelne Gespräche geführt, zu zweit, zu dritt. Philippe unterhält sich mit der flotten Kati, als nähme er sie ernst. Céline betrachtet das rotweiß karierte Wachstuch unter ihrem Teller. Eine Fliege ist auf einem Soßenfleck gelandet.

Warum ist meine Mutter damals abgehauen?, fragt sie Hélène, die ihr gegenübersitzt. Sie flüstert, möchte nicht, dass Pauline sie hört.

Wie kommst du darauf?

Du hast mal erzählt, dass unsere Mutter weggelaufen sei. Von zu Hause, von meinem Vater. Sie habe sogar ihren Verlobungsring verkauft, sei zu ihren Eltern zurück.

Mein Gott, Céline, so eine uralte Geschichte. Ich war selbst zu klein, sechs oder sieben Jahre alt. Pauline war noch gar nicht geboren und du noch ein Baby.

Hatte meine Mutter ein Verhältnis mit Onkel Simon?

Bist du verrückt geworden? Wie kommst du auf diese bescheuerte Idee?

Als Student war Onkel Simon oft bei meinen Eltern. Er verbrachte die Semesterferien dort, weil die Bergluft ihm guttat. Am Sonntag kletterte er mit meinem Vater auf irgendeinen Gipfel, unter der Woche blieb er bei meiner Mutter. Sie mochte ihn.

Du spinnst, meine arme Céline.

Vielleicht spinnt Céline tatsächlich. Und jetzt, im Alter, muss sie Paulines pubertärem Groschenroman nun wirklich nicht nacheifern. Da die Geschichte ihr aber gefällt, weil sie die kleine Mutter in ein anderes Licht rückt, ja, aus der Graue-

Maus-Mutter eine kurzlebige romantische Heldin macht, wollen wir sie hier trotzdem erzählen: Pauline stellte sich gern vor, wie Simon mit der kaum älteren Suzanne spazieren ging, während sein Bruder faule Zähne füllte oder zog. Sie fuhren Rad, manchmal mit der kleinen Aline auf dem Gepäckträger, Céline, noch ein Baby, blieb in der Obhut des Dienstmädchens. Simon half, die Himbeeren im Garten zu pflücken, sie gingen zusammen zum Bauernhof, um Milch und Käse zu kaufen, spielten einfache Kartenspiele, sie lachten. Seine Heiterkeit machte sie leicht und frei. Sie wurde wahrgenommen. Nur mit Simon lachte Suzanne. Nur mit ihm mochte sie die Berge. Irgendwann im Spiel der Gräser unter einem wolkenfreien Himmel taumelte sie, lag auf der Wiese im Vanilleduft der Kohlröschen (auch »Männertreu« genannt), und der Onkel, anstatt ihr die Hand zu reichen, legte sich neben sie. Sie erholten sich, tranken ein bisschen Wein aus seiner Feldflasche. Die Zacken des Bergkamms, die ihr früher so gefährlich erschienen, waren die Hüter des Glücks.

Ja, Pauline war schon immer überzeugt davon gewesen, dass der unbekannte Geliebte der Mutter (wenn es überhaupt einen gegeben hatte) nur der Onkel hatte sein können: Für ihn habe die Mutter den Vater verlassen, weil sie von seinem Bruder schwanger gewesen sei, sie habe sich ihren Eltern anvertraut, die ihr empfohlen hätten, schnell wieder zu Ernest zurückzukehren. Der würde an eine Kurzschlusshandlung, an eine akute Melancholie glauben, eine Schwangerschaft, so schnell nach der Geburt von Céline, das könne eine Frau aus dem Gleichgewicht bringen, ja, Kind, du bist seelisch aus dem Gleichgewicht. Wir telefonieren, wir schreiben Ernest. Er wird dich bei uns abholen. Er ist ein guter Mann. Du hast zwei niedliche Töchter. Du lebst in einer schönen Umgebung. Du magst ihn nicht? Mit den Jahren wächst man zusammen. Alles braucht seine Zeit, mein Kind. Liebe? Ein Trug. Schau auf das, was du hast, nicht auf das, was du nicht hast. Simon ist noch sehr jung. Du hast ihn nicht informiert? Umso besser. Sag ihm nichts, Kind. Du zerstörst deine Familie und das Leben des jungen Mannes, den du liebst. Ehebruch. Man kann dich sogar dafür einsperren. Jawohl, dafür steht Gefängnis im Gesetzbuch. Für Frauen nur. Vielleicht erwartest du das Kind von Simon? Du weißt es nicht? Mein Gott, was ist in dich gefahren? Du weißt es nicht. Na also. Das ist doch gut. Dann ist es das Kind von deinem Ehemann. Und die kleine Mutter fügte sich, weil sie das am besten konnte, sich fügen.

Deine Mutter war bestimmt nicht das Unschuldslamm, für das du sie hältst, sagt Hélène, aber Onkel Simon hätte nie eine Affäre mit ihr angefangen. Als Pauline geboren wurde, war er knapp zwanzig. Niemals.
Außer Bernard haben alle die Hälfte des Gerichts auf ihren Tellern liegen lassen. Die Kellnerin fragt, ob jemand Käse oder Nachtisch möchte. Crème brûlée. Also sechsmal Crème brûlée und dreimal Käse. Und plötzlich sieht Céline, wie Pauline sich über das Gesicht wischt, Tränen abtrocknet. Ein kleines sechzigjähriges Mädchen, das weint. Vielleicht hat sie doch etwas von Célines Gespräch mit Hélène mitgehört. Sie hätten mich niemals enterbt, sagt Pauline, niemals.
Als sie das sagt, hat sie einen Blick, der weiß Gott wohin läuft, einen Blick, der Céline an den dünnen und anonymen Was-

serlauf erinnert, der nicht weit vom elterlichen Chalet floss, um sich kurz danach in einen Sturzbach zu werfen, der zwei Kilometer weiter in einen noch größeren Fluss mündete, der sich dann wiederum in der Durance verlor, diese Art von Blick, der, falls man das Wagnis eingeht, ihm zu folgen, einen in ein immer größeres Wasser stürzt.
Warum denn nicht?, sagt Kati. Nur weil du dich einige Jahre lang um sie gekümmert hast? Das hast du doch auch nicht edelmütig und selbstlos getan, vielleicht haben sie dich durchschaut.
Du spinnst, sagt Céline zu laut. Du spinnst total. Wenn Tante Tamara uns nichts hätte vererben wollen, hätte sie doch einfach ein anderes Testament verfasst. Das hat sie aber nicht. Es geht hier nicht ums Enterben. Es geht hier um eine Fotokopie und um ein Original. Und wären Onkel Simon und Tante Tamara arm gestorben, hätte sich Pauline genauso um sie gekümmert.
Das hast du jetzt aber schön gesagt, schmunzelt Kati.
Céline sieht nur noch Katis faltigen Hühnerhals, sucht nach klaren, anständigen Vokabeln, findet auf Anhieb aber nur deutsche Schimpfwörter, überhört Philippe, der ihr rät, sich zu beruhigen, möchte jetzt nicht nur Kati, sondern auch gern ihren Bruder ohrfeigen und Pauline auch, die schon wieder weint und vergisst, dass Selbstmitleid per se nicht geteilt werden kann, und William, der die Crème brûlée seines Vaters isst, und Aline, die sich nie traut, ein Wort zu sagen, sie aber unter dem Tisch tritt, damit sie spricht oder schweigt, das weiß man nicht mehr, und Bernard, diesen Tartuffe, würde sie auch gern ohrfeigen, der, das ist glasklar, seine Entscheidung längst getroffen hat und so tut, als bräuchte er

noch eine kleine Bedenkzeit, was für ein schäbiges Gerede, und gern würde sie auch Hélène ohrfeigen, die Schlampe, die hat doch schon längst einen Deal für das Landhaus in der Tasche und ist nur deshalb die ganze Zeit so still.
Ich gehe eine rauchen, sagt Céline.
Seit wann rauchst du wieder?, fragt Aline.
Seit jetzt.
Céline holt sich ein Päckchen Gauloises und eine Schachtel Streichhölzer an der Theke und geht vor die Tür.
Die graue Stadt trieft im feuchten Nebel.
Sie reibt das erste Streichholz an der Schachtel, zündet die Zigarette an, und diese Geste, die Flamme an die Zigarette zu halten, ist ein angenehmes, gekanntes Ritual, das sie beruhigt. Gleichzeitig sticht sie ein jäher Schmerz im Magen.

Die Erinnerung an die Zeit früher mit ihrem Mann, als sie zusammen mit Freunden an einem Bistrotisch saßen, über Gott und die Welt diskutierten. Der Rauch ihrer Zigaretten nahm sie alle brüderlich ein, als sie durcheinander inhalierten und pusteten. Manchmal berührten sich zwei Hände, die im Aschenbecher eine Kippe zerdrückten, und man fühlte sich zusammengehörig, Gleichgesinnte. Sie erinnert sich auch an die schwarzen Augen ihres Mannes, an seine komplizierten Theorien über Europas Politik oder den möglichen oder unmöglichen Ausstieg aus der Atomkraft. Sie verstanden sich, sie waren fast immer derselben Meinung. Sie war ihm aber zu brav, zu vernünftig, zu nachdenklich, zu analytisch, zu verkrampft und zugeknöpft. Ja, nicht nur Bernard, sondern auch sie war langweilig und vorsichtig. Ihr Mann hatte sich eingebildet, in die wunderbar lebhafte

Großfamilie einer temperamentvollen Französin eingeheiratet zu haben (was sie früher auch manchmal gewesen war und vorgehabt hatte, weiter zu sein, was sie vielleicht hätte sein können, wenn nicht damals ... wenn allein schon die Geschichte mit Pauline und dem Kind nicht gewesen wäre oder die Geschichte mit, ach nein, vergessen wir das, es war wirklich noch nie so eine Familie wie die, in die ihr Mann glaubte eingeheiratet zu haben), und er musste, dieser Deutsche, der eben seinem bleischweren Land und seiner entnazifizierten Familie einen glücklichen Kontrapunkt setzen wollte, ausgerechnet er musste mit seiner kleinen Französin in diese komplizierte Familie eintauchen. Ihr Mann, der gern lachte, gern liebte und so schön Walzer tanzte, eins zwei drei, eins zwei drei, er kehrte ihr und ihrer Sippe den Rücken und wollte fortan eine deutsche Leichtigkeit für sich allein entdecken.

Sie blieb in Deutschland, fing neu an, fing immer wieder neu an, keine Beziehung hielt lange, sie entsprach den Erwartungen der deutschen Männer nicht, ihre Staatsangehörigkeit versprach Heiterkeit, Geist und Sinnlichkeit, alles, was sie nicht besaß. Sie war tiefsinnig und trübsinnig. Sie klopfte Wörter. Hartnäckig, ehrlich. Sie marterte Wörter. Sie marterte sich. Und sie blieb allein.

Das Gefühl, sie könne niemanden und nichts festhalten, empfindet sie sogar beim Übersetzen. Wenn sie sich zwischen zwei Wörtern nicht entscheiden kann, wenn kein genauer Begriff für das *Ding* existiert, das benannt werden soll, gleitet dieses Ding in einen Limbus wie ein noch nicht getauftes, verstorbenes Baby. Ihr ganzes Leben ist zwischen zwei Länder geglitten.

Ein Mann, den sie abgewiesen hatte, sagte ihr: Du sehnst dich ständig nach einer Familie, einer gewöhnlichen Familie, dein ganzes Wesen und Tun strebt danach, Geschwister zu suchen. Das ist nervig. Deine Männer sind die verkehrte Übersetzung deiner Geschwister.

Sie hustet beim ersten Zug und beim zweiten schon nicht mehr, als hätte sie dieses Laster nie aufgegeben, genießt den dritten, und am Ende der Zigarette bedauert sie, dass diese so kurz war.
Sie hat sich wieder beruhigt.
Der Wutanfall war dumm. Es ist immer so mit ihr. Stundenlang ist sie ruhig, fast abwesend, glaubt sich ihre Gleichgültigkeit selbst, ist stoisch, und dann plötzlich schlägt es um und sie kläfft wie ein wahnsinnig gewordener Hund. Und gerade jetzt müssen die Geschwister Cardin doch auf Zehenspitzen vorangehen, wenn sie nicht alles verlieren wollen. Sie müssen auf Bernards Sinn für Scheinmoral setzen, er gehört zu den christlichen und gut situierten Bürgern, die einem an Weihnachten ein Foto der ganzen Familie schicken, drei lächelnde Generationen um die Krippe herum, er gehört zu denen, die Ungerechtigkeiten nur legal begehen wollen und sie mit vernünftigen Gründen und Argumenten rechtfertigen. Er will nicht unbedingt Gutes tun, versucht aber, die krasse Untat zu vermeiden. Célines Wut ist eine Aufwertung seiner Ruhe, Paulines Verzweiflung eine Hervorhebung seiner Stärke, Philippes Demut das Fundament seines Hochmuts. Er fühlt sich in seiner Machtposition gestärkt, es reicht aus, um die legale Untat zu begehen, die mit einem Mal zu einer gerechten Handlung mutieren könnte. Die moralische

Schwäche der Geschwister Cardin könnte ein Grund werden, ihnen zu verweigern, was ihnen zusteht. Wenn sie sich als Verlierer oder Opfer aufführen, haben sie schon verloren.
Eine Schigarette, Line.
William steht mit einem Mal bei ihr draußen. Gerade als sie sich gesammelt hat und wieder reingehen will.
Das darfst du bestimmt nicht, sagt sie.
Scheiße drosch, sagt er, Schigarette.
Sie reicht ihm das Päckchen und zündet ein Streichholz an, schützt die Flamme im Handinneren. Er beugt sich vor.
Fotokopie?, fragt er.
Dabei löscht er die Flamme mit seinem Pusten. Céline nimmt ein neues Streichholz.
Ja, William, sagt sie, richtig, es geht um eine Fotokopie. Wir streiten deswegen. Jemand hat das Testament der Tante kopiert. Verstehst du?
William hat Schwierigkeiten, das Gesagte zusammenzubringen. Céline traut ihm zu viel zu. Und wie erklärt man das Wort »Testament«? Er guckt ratlos.
Magst du deine Werkstatt?, fragt sie.
Ja, schön, antwortet William.
Was machst du da genau?
Tragen und Schägen.
Sägen, Bretter sägen?
Ja.
Das kannst du?
Ja, Willi kann.
Passt du auf deine Finger auf?
Er lacht herzlich und zeigt ihr seine Finger: Ja, alle da.
Céline fragt sich, warum sie eigentlich noch nie einen Ver-

such gestartet hat, mit ihm zu telefonieren. Natürlich käme immer zuerst Hélène an den Apparat. Aber trotzdem könnte sie es probieren.

Sie hat kalte Finger. Die Strafe für das Rauchen. Sie betreten wieder das Bistro. Die Kellnerin hat die Teller abgeräumt, und einige trinken schweigend einen Espresso. Der Fernseher ist aus. Die Stille ist bedrückend. Aline wirft ihr einen fragenden Blick zu. Pauline schaut in ihre Kaffeetasse, als wäre darin die Zukunft zu lesen.
Es ist juristisch sowieso völlig unklar, sagt Bernard, ob wir diese Fotokopie anerkennen dürfen oder nicht.
Du bist doch Jurist, sagt Philippe.
Wir gehen morgen zum Notar. Es geht vorrangig darum, dass meine Mutter das Erbe auf mich überträgt. Dann sehen wir weiter. Er wird uns beraten können.
Aber Bernard, sagt Céline, Tamaras Testament, auch in der Form einer Fotokopie, drückt doch ihren Willen aus, wir wissen es alle, auch ihr wisst das. Angenommen, euch steht es frei, diese Fotokopie anzuerkennen, angenommen, der Notar hat nichts dagegen, würdest du es tun?
Wir sollten nichts übereilt entscheiden, antwortet Bernard. Lasst mir ein bisschen Zeit. Wir werden nach einer guten Lösung suchen. Und ich rufe euch an. Morgen ist auch noch ein Tag.
Es klingt versöhnlich und vage.
Morgen. Morgen fährt Céline wieder nach Deutschland, ihr Adoptivland, und dann ist diese Sache hier für sie vorbei. Sie ist dort nicht allein. Oberflächliche Beziehungen sind zu Unrecht geächtet. Sie helfen durch den Alltag. Je tiefer man

schürft, desto schmerzhafter die Verbindung. Ein Trauerzug. Reue, Hass, Gier, Nostalgie. Einsamkeit. Verzweiflung, du hast dich für deine Geschwister verantwortlich gefühlt und meistens das Ziel verfehlt, jetzt ist die Zeit endlich vorbei, morgen bist du weg, dein Restleben leben, arbeiten, für den Marokkaner dolmetschen und diese herabwürdigende Erbgeschichte vergessen. Eine neue Seite aufschlagen. Und im Sommer wirst du wieder nach Frankreich fahren, und nur in die Berge. Du wirst mit einem Nachtzug fahren und in der Sonne der Südalpen erwachen. Du wirst allein wandern. Im Schweigen wirst du geborgen sein wie dein Vater.

Die Trauergruppe beschließt, noch einmal gemeinsam in die Wohnung von Onkel Simon und Tante Tamara zu gehen. Pauline wirkt resigniert. Bernard schlägt vor, dass jeder sich einen Gegenstand, eine Erinnerung aus der Wohnung aussucht und mitnimmt, er hat das Essen und die Getränke bereits für alle bezahlt. Vielleicht will er damit seine Großzügigkeit zeigen. Sie verabschieden sich kurz, teilen sich auf mehrere Autos auf, Bernard winkt zum Abschied Céline zu, obwohl sie sich gleich vor der Wohnung wiedersehen werden.
Als Bernard sich umdreht und winkt, kommt Céline ein alter Familienfilm in den Sinn. Vor zwei oder drei Jahren hatte Onkel Simon aus dem Dielenschrank einen uralten Apparat hervorgeholt, der an die Anfänge der Filmkunst gemahnte, und auch eine Filmspule, die sie, wenn auch nur mit Schwierigkeiten, wieder in Gang setzen konnten. Man erkennt darauf die Kinder Cardin sowie den sechs- oder achtjährigen Bernard, kurze Hose, weiße Socken, die flotte Kati

und Tamara als junge Frauen, beide mit Pferdeschwanz. Die Szene spielt auf dem Hof des Landhauses. Philippe fährt mit einem kleinen Fahrrad, das Bernard gehörte, Céline und Pauline laufen hinter ihm her, Céline zwingt ihn abzusteigen, er gibt nach. Sauer. Die Kamera zeigt seine Schnute in Nahaufnahme. Céline fährt jetzt mit dem Rad, das zu klein für sie ist, Pauline rennt nebenher, sie streiten, man hört nichts, sieht nur ihre aufgerissenen Münder. Plötzlich erscheint wieder Bernard im Bild, stellt sich ihnen in den Weg, und Céline hält an, gibt ihm das Fahrrad zurück. Er winkt, als nehme er Abschied, als wolle er den Mädchen zeigen, dass er und sein Rad Besseres vorhaben, und verschwindet aus dem Bild. Céline und Pauline stehen einfach nur da. Ende des Films. Auch damals schon gab es die Reicheren, die weniger Reichen und den Neid, die Gewinner, die Verlierer und den Groll.

Auf dem Weg zu ihrem Auto holen die Geschwister Cardin die Urnen aus dem Krematorium ab, fahren dann zur Wohnung von Onkel Simon und Tante Tamara. Im Kofferraum liegen in einem Karton die zwei schwarzen Aschegefäße.
Pauline schlägt vor, die Asche direkt morgen in den Bergen zu verstreuen. Wie wäre es mit dem Col du Granon? Der Onkel ging oft da oben wandern.
Céline denkt an die herbe, windige Landschaft des Col du Granon und fragt sich, ob sie ihre Abfahrt nicht um einen Tag oder zwei verschieben und mitfahren sollte. Es ist ein Ort, von wo aus sie öfter mit ihrem Onkel zum Gipfel Le Grand Aréa hochgestiegen ist. Ein Gipfel von 2869 Metern, den man auf einem steilen Weg, der sich durch Alm und

Geröll windet, leicht erreichen kann. Und sie staunt, wie manche Details von diesem Aufstieg ihr jederzeit so klar erscheinen (der Onkel, der eine Banane kaut, die Schale unter einem Stein verscharrt, die Karte, die von einem Windstoß aus ihren Händen gerissen wird, wegfliegt und wie ein riesiger Isabellaspinner über dem Hang schwebt, während Onkel Simon und sie nahe am Abgrund kriechen und den Flug der Karte machtlos verfolgen). Nein, es wartet ein wichtiger Job auf sie, und den sollte sie sich nicht vermasseln. Hier wird sie nicht mehr gebraucht (ist es vielleicht das, was sie quält?). In ihrer rechten Manteltasche spielt ihre Hand mit den drei Kastanien.
Möchtest du morgen mitkommen?, fragt Pauline.
Céline weiß nicht, was sie antworten soll. Eher nicht, sagt sie zaghaft, eher nicht.

Die anderen warten schon vor dem Haus. Noch hat nur Pauline die Schlüssel zur Wohnung. Das Entriegeln ist langwierig, vier Schlösser. Paulines Hände zittern. Als der letzte Riegel nachgibt und sie den letzten Schlüssel aus dem letzten Schlüsselloch herauszieht, spürt man die Ungeduld aller. Die Familie betritt die Wohnung im Gänsemarsch. Sie ist kalt und riecht muffig. Man macht einige Schritte im Flur.
Bernard erklärt, dass er mit »Erinnerungen« kleinere Objekte meine, die Möbel würden zum offiziellen Nachlass gehören und müssten fachlich begutachtet werden.
Offizieller Nachlass, sagt Philippe wie zur Bestätigung.
Aline steht vor dem golden gerahmten Spiegel im Flur. Sie betrachtet sich, öffnet ihren Mantel und ihren Blazer, entdeckt den Fleck auf ihrer Bluse und macht den Blazer wie-

der zu. Sie fragt Bernard, ob der Spiegel zu den Möbeln gehöre oder zu den Erinnerungen, ob sie ihn haben könne. Bernard zögert kurz und akzeptiert schließlich.

Die Männer kümmern sich dann gemeinsam um den Likörschrank, sie wollen sich die Flaschen, die noch trinkbar sind, teilen. Der Ton zwischen ihnen ist fast brüderlich, man hört hier und da ein kleines Lachen. Sie lesen die Etiketten, kommentieren den Jahrgang des Whiskys. Die flotte Kati geht in die Küche und sucht unter der Spüle nach Plastiktaschen für die Flaschen. Sie hat Mühe, sich wieder aufzurichten. Sie ächzt, hält sich den Rücken. Als sie wiederkommt (eine Tüte hat sie auf dem Küchenboden liegen lassen), nimmt sie am Bridgetisch Platz und lässt die Karten in ihre Hand gleiten, mischt sie und teilt sie zwischen sich und einem unsichtbaren Gegner aus. Ihr Gesicht verändert sich. Tiefe Falten umklammern ihren Mund, beinah muss sie weinen.

Tamara war eine klasse Spielerin, sagt sie in den Raum hinein, halb zu sich selbst. Sie gewann alle Spiele. Auch als Schülerin war sie von uns beiden die Klügere und die Schönere. Im Grunde war sie doch immer die Beste.

Dann nimmt Kati die erste Karte von ihrem Stoß. Pik-Acht. Und die Karte von ihrer Gegnerin. Pik-Dame. Sie grinst.

Hélène steht vor einer Grünpflanze und streichelt die verwelkten Blätter, fragt, ob jemand das Wasser anstellen könne, sie wolle sie gießen.

Es wäre sinnvoller, sie mitzunehmen, sagt Aline, oder, wenn sie hinüber ist, sie wegzuwerfen.

Stimmt, sagt Hélène, schön ist sie nicht mehr, ich bringe sie zur Tonne.

Aber sie bleibt einfach müde vor der Pflanze stehen.

Die Diele geht in einen großen, offenen Raum über, in dem nur der Billardtisch steht, ein großer Tisch mit grünem Filzstoff bespannt. Eine Fliege surrt durch den Raum, Pauline öffnet das Fenster und wedelt mit der Hand, um sie hinauszujagen, aber die Fliege bleibt lieber drinnen. Pauline stützt sich auf dem Fensterbrett auf und schaut hinaus in den Hof und auf die Mülltonnen.

Céline überfällt ein altes Bild. Pauline am Fenster, die junge Mutter, im Hintergrund die Wiege, und die Gespräche mit Tante Tamara. Und noch ein Bild sucht sie heim, das sie so gern aus ihrem Gedächtnis verbannt hätte und das auch wir ihr gern erspart hätten, aber zur Vollständigkeit dieser Geschichte gehört auch: sie selbst,

Céline,

in einem schaukelnden 2CV am Saône-Ufer. Das Bild, das sie seit Jahrzehnten quält. Und die begleitenden Geräusche und die Worte, die sie ein Leben lang verfolgten.

Nicht Pauline selbst, sondern der Freund, der keiner war, hatte Céline über die Schwangerschaft unterrichtet.

Können wir uns treffen?, hatte er gefragt. Ich muss etwas mit dir besprechen. Brauchte er ihren Rat, ihre Hilfe? Er gehörte nicht zu den engeren Freunden von Céline, erzählte ihr jedoch gern von seinen Zukunftsträumen, prahlte mit seinen Erfolgen, wollte noch vor dem Ende des Studiums eine kleine Firma gründen. Sie wusste nicht, dass Pauline ihn außerhalb des Freundeskreises auch allein traf.

Der Herbst war kalt. Sie stieg in seinen 2CV, sie fuhren ein Stück an der Saône entlang, sie hielten an einer Ausbuchtung nahe am Fluss. Die untergehende Sonne malte rote Streifen am Horizont. Er erklärte ihr ohne Umschweife, dass Pauline ein Kind von ihm erwarte, erwähnte Jugoslawien und dass sie nicht habe abtreiben wollen, er wiederum könne und wolle ihre Schwester nicht heiraten. Auf keinen Fall.

Céline rief empört: Warum? Warum nicht?

Pauline sei nicht gebildet genug und nur einen Meter fünfzig groß. Er habe höhere Ambitionen. Sie sei ihm zu einfältig, habe nicht die nötige Schulterbreite, nicht mal die richtige Figur, nicht die richtige Bildung, er wolle Karriere machen, ein Mädchen, das nicht mal Abitur habe, stehe ihm nur im Weg. Er brauche eine Frau, die seinen zukünftigen Geschäftsfreunden imponiere. Pauline sei ein nettes Mädchen, gewiss, aber nicht die Art von Frau, mit der er leben möchte.

Céline sah sofort das ganze Drama vor sich. Die Eltern, die Tränen der Mutter, der Vater wütend, der Spott der Lyoner. Nach Aline jetzt auch Pauline. Pauline allein mit dem Kind. Sie flehte ihn an. Bitte, heirate meine Schwester. Ihr könnt euch doch wieder scheiden lassen, aber du darfst sie jetzt nicht im Stich lassen, mach sie nicht zu einer *fille-mère*. Einer ledigen Mutter, einer Mädchen-Mutter. Ihre Fragen, ihre Bitten, ihre Argumente, ihre Vorwürfe, ihre Drohungen, alles ließ ihn kalt. Sie hielt seine Hand ganz fest in ihren Händen, nahe an ihren Lippen, hauchte ihren Schmerz darauf, als könne seine Haut sich der Worte annehmen und Einfluss auf seinen Verstand und sein Herz nehmen.

Und tatsächlich verlor seine Stimme nun die Härte, die ihr Angst gemacht hatte, er nahm sie in den Arm, sagte, es tue ihm so leid, er liebe Pauline nicht, nicht genug, er liebe sie, Céline. Und ja, er wisse, dass sie einen deutschen Freund habe, er müsse es ihr aber endlich sagen. Er liebe sie. Sie sei schöner und stärker und intelligenter als ihre Schwester. Sie sei genau die Frau, von der er gerade gesprochen habe, die er sich wünsche.

Céline hörte zu, ungläubig, erschrocken, angeekelt.

Wann hat er begonnen, sie zu küssen, sie zu berühren? Und wann hat sie begonnen, es sich gefallen zu lassen? Wann hat sie aufgehört, sich zu wehren, hat sie sich überhaupt gewehrt? Wann hat sie begonnen zu hoffen, er würde seine Meinung ändern, wenn sie ihn nur gewähren ließe? Und wann hat er nachgegeben und ihr ins Ohr geflüstert: Es ist alles gut, ja, ich werde deine Schwester heiraten? Ich tue es für dich, nur für dich.

Und dann ließ sie es geschehen.

Und als es vorbei war, wollte sie ihm in die Augen sehen, aber er schaute weg. Sie fragte leise: Pauline?, und er hob die Schulter. Und sie verstand, dass sie gerade in eine Falle gegangen war, wie dumm sie war. Er stieg aus dem Wagen und rauchte. Sie stieg aus dem Wagen und erbrach sich.

Wir haben uns ein bisschen gehen lassen, was?, sagte er. Wie du siehst, Céline, so was passiert ganz schnell.

Céline stellte sich vor ihm auf, schaute ihm in die Augen und schlug ihm ins Gesicht. Mitten hinein. Sie zog voll durch.

Aber es machte nichts besser. Das Gefühl, auf Augenhöhe zurückgeschlagen zu haben, hielt nur für ein paar Sekunden. Dann schubste er sie, beschimpfte sie und fuhr weg. Und genau so fühlte sie sich, geschubst, beschimpft, verlassen. Mit ihrer ganzen Scham, ihrem Hass und ihrer Verzweiflung saß sie allein am Ufer der Saône. Sie zog sich aus, stieg ins eiskalte Wasser, wusch sich, ging einen Schritt weiter, zwei Schritte, es wurde bereits dunkel, sie zögerte, dachte an Pauline, an die kleine Mutter und ging zurück. Sie lief nass und frierend nach Hause, legte sich ins Bett und weinte.

Warum hatte ihr Pauline die Schwangerschaft verheimlicht? Warum erfuhr sie erst jetzt von ihrem gescheiterten Abtreibungsversuch? Warum hatte sie ihren Freund zu ihr geschickt? Die Antworten waren einfach. Ihre Schwester hatte kein Vertrauen in sie, fürchtete sich vor ihrer Reaktion, wollte keinen Ratschlag, keine Hilfe. Pauline wollte nichts von ihr.

Die Fliege landet indessen auf einem Gemälde, *Der Schüler*. Vor vierzig Jahren hatte der porträtierte Schüler seinen Blick zur Wiege von Paulines Sohn gerichtet, die darunter stand. Der Junge sitzt auf einem Stuhl, und eine Hand liegt auf einem geöffneten Buch, einer ABC-Fibel vielleicht. Zu seinen Füßen eine Schultasche, deren Deckel umgeklappt ist. Man errät Papier oder Hefte, die hervorlugen. Die Fliege läuft auf dem weißen Kragen des Jungen.

Céline geht nicht zu Pauline ans Fenster. Sie geht ins Schlafzimmer von Onkel Simon und Tante Tamara. William weicht ihr nicht von den Fersen. Das Bett ist noch aufgeschlagen. Wer wird die Betttücher abziehen? Sollte sie es tun? Céline fasst das Kopfkissen an, legt es wieder hin. Auf dem Nachttisch von Onkel Simon befinden sich ein altes Radio, ein digitaler Wecker und der Rezeptblock mit der Kopfzeile: Simon Cardin, *Chirurgien-Dentiste*. Zuletzt hat er den Block nur noch benutzt, um sich selbst Schmerzmittel zu verschreiben. Auf Tante Tamaras Nachttisch befinden sich ein Taschentuch, ein Flakon mit Eau de Cologne, eine Schachtel Medikamente. Schlafmittel. Ein Glas. Sollte Céline das Glas spülen gehen? Der schwere Bademantel von Simon ist über die Rückenlehne eines Sessels gelegt. Sie steckt beide Hände in den Stoff.

William öffnet die Schubladen einer Kommode und macht sie wieder zu, dann wieder auf, er nimmt die Unterwäsche von Tante Tamara heraus und legt sie wieder zurück.

Auch tot?, fragt er.

Dann findet er einen analogen Fotoapparat, die alte Kamera von Simon, er nimmt sie in die Hand und dreht sie in alle Richtungen. Céline fragt, ob er sie haben wolle.

Ja. Er will.

Dann nimm die Kamera, sagt Céline.

William guckt ungläubig.

Nimm sie doch, sagt Céline, jeder darf eine Erinnerung behalten. Jetzt gehört er dir, dein Apparat.

Apparat von Willi?

Ja, dein Papa wird dir zeigen, wie du damit fotografieren kannst.

Sie muss sich auf die Zehenspitzen stellen, um ihm den Apparat um den Hals zu hängen. William ist glücklich.

Foto, ruft er, Foto, Foto, Foto!

Dann geht er zum Nachttisch, öffnet die kleinere Schublade und sagt: Fotokopie.

Ja, antwortet Céline, da lag die Fotokopie. Und das Testament.

Papier, sagt William, der jetzt auch die kleine Schublade auf- und zuschiebt. Flugscheug.

Flugzeug?

In Célines Kopf läuft plötzlich eine kurze Filmsequenz: William steht am Fenster. Sie sieht seinen Arm, der sich langsam nach hinten bewegt, bevor er nach vorn schnellt. Seine Hand lässt einen Papierflieger über die Straße fliegen, gefaltet aus dem Testament. Wäre es nicht eine schöne, absurde Erklärung für das Verschwinden von Tamaras Letztem Willen?

Sie setzt sich auf das Bett, hält eine Hand von William zwischen ihren Händen.

Ach, William, sagt Céline.

Ach, Line, sagt William.

Ach, William.

Ach, Line.

William.

Line.

Sie lachen beide.

Im Türrahmen steht plötzlich Hélène, alt und blass, und sagt mit schiefem Lächeln zu ihrem Sohn: Kannst du nicht mal Céline in Ruhe lassen? Wer hat dir den Fotoapparat gegeben? Den hat William von mir, er stört auch nicht, ganz im Gegenteil.

Für ein paar Sekunden herrscht Stille.

Als Hélène sich umdrehen will, entscheidet sich Céline: Du hast das Testament fotokopiert, nicht wahr?

Hélènes blasse Haut wird plötzlich rot und fleckig. Sie zögert, es scheint ihr schwerzufallen, die richtigen Worte zu finden.

Ja, sagt sie. Ja, ich habe das Testament fotokopiert. Ich kann dir aber auch hoch und heilig versichern, dass ich das Original an seinen Platz zurückgelegt habe. Und dass die Kopie, um die es hier geht, nicht meine Kopie ist.

Und Céline vervollständigt jetzt ihren Film: Sie sieht, wie William am Fenster steht und das Testament als Papierflieger hinauswirft. Wie Hélène auf die leere Schublade starrt, nach draußen rennt, unter den parkenden Autos nachschaut, wie sie versucht, über die Straße zu laufen, unter Lebensgefahr nach der »Rakete« weitersucht. Vielleicht regnet es auch. Vielleicht findet sie das Testament als Papierbrei auf einem Gullydeckel liegend.

Nein, sie findet gar nichts.

Der Papierflieger ist weg, weit weg, er ist über den Boulevard geflogen, ein Kind, das aus der Schule kommt, hat ihn vom Bürgersteig aufgehoben, es lässt ihn mehrmals vor sich herfliegen, hüpft dem Ding hinterher bis zur Rhône. Und von der Brücke segelt auf einmal eine Million hinunter in den Fluss. Das Kind sieht noch eine Weile hinterher, wie das weiße Gefährt sich auf dem Wasser entfernt, bevor es kippt und sinkt.

Die verwirrte Hélène legt dafür die Fotokopie in die Schublade und hofft, wie naiv, dass ein Notar schon keinen Unterschied merken wird. Sie betet zu Gott. Lieber Gott, hilf mir, murmelt sie, bitte hilf uns, mach, dass Simon nach seiner Frau stirbt.

Gott lacht sich krumm.

Du hast also das Original in die Schublade zurückgelegt, sagt Céline. Dann müsstest du die Fotokopie doch noch zu Hause haben.

Nein, ich hatte es mir dann anders überlegt. Ich hatte große Gewissensbisse. Es war nicht korrekt, diese Kopie gemacht zu haben. Sie hätte ja nur mein Misstrauen bewiesen und dass ich das Testament entwendet habe. Ich habe mich nicht gut gefühlt damit.

Du hattest plötzlich Gewissensbisse? Warum hast du es dann überhaupt getan?

Ich hatte Sorge, dass jemand das Testament verschwinden lassen könnte, Kati oder Bernard, ach, ich wollte einfach nur einen Beweis haben, dass ... Eigentlich weiß ich nicht, was ich vermeiden wollte. Falsch war es auf jeden Fall, und ich habe meine Kopie deshalb wieder verschwinden lassen.

Kann es nicht auch sein, dass du einfach das Original und die Fotokopie verwechselt hast? Und dass du das Original weggeworfen hast?

Du bist krank, Céline, sagt Hélène, du hast eine kranke Fan-

tasie. Gar nichts habe ich verwechselt. Und ich bin bestimmt nicht die Einzige, die das Testament kopiert hat. Und was soll eigentlich diese Befragung? Spielst du jetzt Gestapo?
Céline senkt die Augen, hat Mühe, die Ruhe zu bewahren.
Hélène setzt sich einfach auf das Bett, streicht über das Kopfkissen.
Wenn du weißt, sagt Céline, was mit dem Testament passiert ist, solltest du es zugeben. Das Argument, Tamara selbst könnte das Verschwinden des Originals vielleicht sogar gewollt haben, würde dann entfallen.
Céline, du reimst dir da was zusammen. Ja, das Testament ist verschwunden, definitiv verschwunden. Ich persönlich kann aber nichts dafür. Und mach dir keine Sorgen, Bernard wird uns nicht übergehen. Er wird fair bleiben.
Fair dir oder uns allen gegenüber? Und woher willst du das überhaupt wissen?
Hast du denn schon einen Gegenstand ausgewählt, eine Erinnerung an Onkel Simon und Tante Tamara?
Ich würde gern Simons Heft haben, in dem er seine Bergtouren aufgezeichnet hat. Und vielleicht ein paar Fotos. Aber sprichst du denn nun mit Bernard?
Ich habe ihm nichts zu sagen, sagt Hélène. Du fährst morgen zurück, oder?
Ja.
Nein, Line pleipt, sagt William.
Er hat sich auf die Bettkante gesetzt und ein Blatt aus dem Rezeptblock gerissen.
Flugscheug.
Meine Geschwister wollen morgen die Asche auf dem Col du Granon verstreuen, Hélène, wenn du mitwillst?

Nein, sagt die Cousine, ich kann nicht. Termine. Und dann geht sie aus dem Schlafzimmer und lässt William und Céline wieder allein.

William zeigt Céline seinen Papierflieger.
Schön?
Warte mal, William, wir falten jetzt lieber eine *cocotte* für Tamara, okay? Dann lassen wir auch die *cocotte* fliegen.
Ein paar Minuten später haben sie es hinbekommen, ein weißes Küken zu falten (in einem Knick der Briefkopf des Zahnarztes Simon Cardin). Céline öffnet das Fenster und William lässt den Vogel auf die Straße fliegen, wo er auf einem Autodach landet.
Weg, sagt er, schon weg.
Warte mal, sagt Céline, gib mir mal den Fotoapparat, hoffentlich ist noch ein Film drin.
Sie zeigt ihm, wie man den Apparat hält, und es dauert eine Weile, bis William es richtig macht und aufhört, ihn in alle Richtungen zu drehen. Als er aber durch den Sucher die *cocotte* auf dem Autodach sieht, freut er sich riesig.
Céline zeigt ihm, wo er drücken soll.
Klick.
Fotokopie, sagt William.
Sie betrachtet zwei kleine Wolken, die sich hinter den Platanen der Avenue ineinanderschieben. Ein kritischer Wind findet sie kitschig, er zerrt an ihnen, verwandelt sie und löst sie auf.

Aline hat den Spiegel im Flur abgehängt und sich in den Salon gesetzt. Sie trinkt schweigend einen Apfelsaft. Sie wirkt müde und traurig. Pauline hat sich für das Bild des Schülers entschieden, und weder Bernard noch Kati haben sich getraut, es ihr zu verweigern. Dennoch steht sie unschlüssig vor dem Bild, kaut auf den Lippen, kratzt sich am Hals, findet keine Ruhe. Philippe hat sich die antike Pistole ausgesucht, die dem Großvater Cardin gehörte und seit Langem als Dekoration diente. Kati erklärt, dass sie die Schmuckstücke von Tamara schon bei ihrem letzten Besuch für ihre Enkelinnen mitgenommen habe. Das habe Tamara so gewollt. Und Antonina?, flüstert die Souffleuse in uns. Der Wagen? Niemand denkt mehr an Antonina.

Céline findet das Heft mit den aufgezeichneten Bergtouren nicht. Sie durchsucht das Bücherregal, die flotte Kati beobachtet sie. Wahrscheinlich fürchtet sie, dass zwischen Katalogen und Magazinen doch noch das Testament erscheint. Zwei oder drei Bergromane, die Céline Onkel Simon geschenkt hat, liegen wie neu da. Ungelesen. Sie gibt auf, sie findet das Heft nicht.

Kati legt eine Patience. Die Männer leeren eine Flasche Whisky zusammen. Das hebt die Stimmung. Sie heben ihre Gläser und mimen Bruderschaft.

Céline, Pauline und Aline blättern jetzt in alten Fotoalben. Es folgt ein friedlicher Augenblick; nicht alle Bilder sind beschriftet, und jeder versucht sich zu erinnern, wo und wann das Foto gemacht wurde. Céline wählt für sich ein Porträt von Simon und Tamara aus. Sie sind da noch sehr jung, wie an dem Tag, als Céline von ihrem Hund in die Wade gebissen wurde. Sie findet auch ein Familienfoto von ihrer Kommunion. Ihr Vater, ihre Mutter, die Geschwister, Hélène und ihre Mutter, die zwei verwitweten Großmütter. Tante Tamara schielt zu Célines Mutter, die den Fotografen (wahrscheinlich Simon) mit strahlenden Augen anschaut.

Die Stimmung schlägt wieder um, als Bernard erklärt, seine Mutter sei sehr müde und sie wollten sich jetzt auf den Weg zum Hotel machen. Außerdem habe er den Parkplatz nur für eine Stunde bezahlt und er sei überfällig. Er bittet Pauline, ihm nun den Schlüsselbund auszuhändigen.

Seit so vielen Jahren liegen die Schlüssel immer in ihrer Handtasche, griffbereit, um nicht nur im Notfall die Wohnung zu betreten, sondern auch, damit Onkel Simon und Tante Tamara sich nicht aus ihren Sesseln bemühen mussten, wenn sie sie besuchte.

Paulines Magen dreht sich um. Ihre Schläfen pochen. Ihr Atem wird hörbar. Auf einmal begreift sie es. Sie wird endgültig aus der Wohnung ihres »echten Vaters« gejagt.

Alle schauen zu ihr.

Komm, sagt Philippe sanft, gib ihm die Schlüssel. Wir treffen uns bestimmt noch hier in den nächsten Tagen.

Ja, sicher, sagt Bernard. Sicher.

Die Wiederholung der zwei Silben wirkt wie zwei Schritte nach vorn und zwei nach hinten. Gelöschte Silben.

Ich weiß, dass es schwer ist, sagt Hélène, aber du musst Bernard nun die Schlüssel geben.

Vielleicht hätte Hélène sich jetzt nicht einmischen müssen. Vielleicht hätte sie Célines Blick nicht ausweichen, nicht Bernard auf diese verschwörerische Weise ansehen müssen. Vielleicht hätte sie dabei den Zipfel ihrer seidenen Strickjacke nicht so zärtlich zwischen den Fingern reiben müssen (wir denken mit Céline, dass Hélène für drei Sekunden ganz in dieser Empfindung steckte, auf der sicheren Seite zu sein, dass sie die Gewissheit genoss, sich ihr Landhaus auf irgendeinem Wege schon gesichert zu haben). Vielleicht hätte Céline sich dann nicht ausgedacht, wie ihre Cousine der flotten Kati und Bernard die Solidarität verspricht, jawohl, sie werde sich zufriedengeben, wenn sie ihr für das Familienhaus einen freundlichen Preis machen, man wird sich schon arrangieren, lieber Bernard, und die vier Cardins sind raus. Vielleicht wäre dann die Situation nicht noch einmal derart eskaliert.

War es wirklich Céline, die gerade »Schlampe« gesagt hat? Ja, es war ihre Stimme, wenn auch nicht ihre Art. Céline hat »Schlampe« gedacht und »Schlampe« gesagt. Ihre Geschwister betrachten sie entgeistert – oder doch: begeistert? Die Intellektuelle hatte einen Einfall, die kühle Deutsche wird zur lebhaften Französin, die belehrende Schwester zum gewöhnlichen Menschen. Jetzt verliert jeder seine Hemmungen. Die Frauen wie auch die betrunkenen Männer. Man schließt sich an. Ein Wort gibt das andere. Ein Wort, das stört, gibt ein anderes, das verstört. Anstand, Vorsicht und Heuchelei, all diese wattigen Eigenschaften machen sich dünn, böse Satzfetzen und Vogelnamen (von der Gans zum Geier) fliegen durcheinander, Fragen und Thesen werden aufgeworfen und aufgestellt, die niemals im Leben beantwortet oder überprüft werden können.

Was bist du denn für ein Mensch?
Oder: Du lügst.
Philippe schwenkt die leere Whiskyflasche hin und her, und

wir sollten fast um das Leben der flotten Kati fürchten, die sich eben ein perverses Zersetzungsmanöver, einen hässlichen Schachzug leistet, der die Wut der Geschwister umleiten, der die Geschwister Cardin gegen die Verstorbenen aufbringen soll.

Möchtet ihr hören, was Tamara über euch gesagt hat? Du zum Beispiel, liebe Céline, gehörtest flachgelegt, man verstehe, dass dein *Boche* dich verlassen hat.

Hör nicht zu, brüllt Pauline, die sich an Céline hängt, hör nicht zu, die Alte ist völlig senil.

Worauf Philippe die leere Whiskyflasche gegen den Marmortisch fallen lässt.

Der Salon, die ganze Wohnung zersplittert, ein Riesenkörper bricht auseinander. Der Kopf waren Simon und Tamara. Das Herz, frenetisch, gehört der sich übergebenden Pauline, die umarmenden Arme sind von Philippe, die gallige Leber von der unglücklichen Hélène, von Aline sind die Hände, die sich betend und bittend öffnen und schließen, ohnmächtig, Bernards Magen-Darm-Trakt kriecht auf dem Perserteppich und verdaut und verdaut und verdaut, Katis Argusaugen zwinkern um die vier Ecken. William, der sich im Bad eingeschlossen hat, wie immer, wenn es Krach gibt, allein William bleibt ganz. Das Paar Beine, das wie eine Schere die Luft ertastet, gehört Céline, sie wollte doch schon immer Reißaus nehmen und sich woanders neu erfinden.

Pustekuchen.

Sie landet wieder auf dem Boden, wischt sich die Augen, hört auf zu zittern.

Lasst uns gehen, sagt sie.

Oh ja, gehen wir, sagt Aline.

Ja, sagt Philippe.
Er schwankt durch das zersplitterte Glas.
Sofort, sagt Pauline. Sie will sich noch verabschieden. Von der Küche, von der Kaffeemaschine, von der Spüle, von dem Mülleimer, von den Kacheln, vom Billardtisch, von dem kleinen Schreibtisch mit den Papierstößen, sie geht ins Schlafzimmer, verabschiedet sich vom Bett, von der Kommode, von dem Bademantel, von den Nachttischen, geht ins Bad, verabschiedet sich vom Badelift, von den Handtüchern, von den Waschlappen. Und auch dem *Schüler* wünscht sie alles Gute. Dann erst gibt sie den Schlüsselbund her. Sie legt ihn dorthin, wo sie ihn immer hingelegt hat, wenn sie die Wohnung betreten hat. Auf die Kommode im Flur. Dort legt sie den Schlüsselbund hin, als würde sie ihn nur kurz ablegen.

Morgen, sagt Céline, morgen fahren wir zusammen zum Col du Granon.
Und dann gehen sie, die Geschwister Cardin.
Aline. Céline. Pauline. Philippe.
Die Schöne, die Intellektuelle, die Lustige, der Sportliche.